HAYMON verlag

Alfred Komarek

Zwölf mal Polt

Kriminalgeschichten

Die Geschichten spielen im niederösterreichischen Weinviertel. Ortschaften und Menschen im Wiesbachtal stammen aus der Welt der Phantasie, und alles ist nur insofern wirklich, als es wirklich sein könnte. Für fachliche Unterstützung und viele gute Ideen bedanke ich mich bei Herrn Franz Enzmann, seines Zeichens Polizist und Journalist. Ganz besonders danke ich Michael Forcher, dem Verleger der ersten Stunde, für die kongeniale Arbeit an meinen Manuskripten.

Auflage:
7 6 5 4 3 2 1
2017 2016 2015 2014 2013 2012 2011

HAYMON verlag
Innsbruck-Wien
www.haymonverlag.at

ISBN 978-3-85218-678-8

Umschlag- und Buchgestaltung, Satz:
hœretzeder grafische gestaltung, Scheffau/Tirol
Coverfoto: Kurt-Michael Westermann

Gedruckt auf umweltfreundlichem,
chlor- und säurefrei gebleichtem Papier.

Der Anfang vom Ende

Gendarmerieinspektor Simon Polt war neu. Alles an ihm war neu. Er fühlte sich fremd in seiner Uniform, der Waffengurt war unbehaglich schwer. Am ehesten mochte er noch seine Gendarmerie-Patrouilliertasche: dickes, braunes Schweinsleder, das gut roch. Darin war fast alles zu finden, was nach der Ausbildung zum Gendarmen zu seiner neuen beruflichen Existenz gehörte: gelbe Fettkreide, Maßband, Verbandpäckchen, Blaustift (wetterfest und frostbeständig), Schreibblock, Versiegelungswachs samt bunter Schnur, Taschenlampe und Handschellen. Polt hatte das Ensemble mit einem Butterbrot und einem Apfel bereichert. Seit einer guten Stunde nach dem morgendlichen Dienstantritt saß er an einem Schreibtisch, der ihm von dessen eigentlichem Benutzer für die Dauer des Außendienstes überlassen worden war. Die neuen Kollegen hatten ihn freundlich, wenn auch ein wenig beiläufig begrüßt, weil viel zu tun war, an diesem Montagmorgen. Polt heftete auftragsgemäß lose Blätter akkurat in den passenden Ordern ab, als er eine Hand auf seiner rechten Schulter spürte. Er zuckte zusammen.

„Aber Simon! Wer wird denn so schreckhaft sein, als Gendarm?“ Franz Gabler nahm an der anderen Seite des Schreibtisches Platz und fasste seinen jungen Kollegen freundlich und spöttisch ins Auge. „Und dann auch noch schwer bewaffnet in der sicheren Dienststelle. Bist wohl verliebt in deine Artillerie?“

„Ganz im Gegenteil, Herr Gabler, Franz, mein ich.“ Polt grinste verlegen und nahm den Waffengurt ab. „Ich bin noch ganz durcheinander.“

Jetzt schaute der ältere Gendarm freundlich und gutmütig drein. „So geht's jedem, am Anfang. Aber du wirst rasch lernen, Simon, bleibt dir auch gar nichts anderes übrig. Hast einen Freund in mir. Ich vertrete heute Harald Mank, unseren neuen Dienststellenleiter. Morgen wird er ja ein Gespräch mit dir führen. Die anderen Kollegen sind unterwegs oder haben frei. Soll ich dir ein bisschen erzählen, wenn wir schon einmal ungestört sind?“

Polt nickte.

Gabler stemmte sich mit den Füßen vom Schreibtisch ab und kippte den Sessel auf die Hinterbeine. „Bleiben wir doch beim guten Harald, unserem Chef und Gebieter. Ernährt sich von Leberkässemmeln und Grünem Veltliner. Letzterer ist vormittags mit einem oder gar zwei Tropfen Wasser verdünnt. Hat eine zänkische Frau, der Harald, darum arbeitet er so gern und ist folgerichtig Dienststellenleiter geworden. Aber unser heimlicher Chef ist der Koran Kurtl. Seit über dreißig Jahren macht er hier Dienst. Dem ist nichts Menschliches fremd, Unmenschliches erst recht nicht." Gabler stellte den Sessel gerade und schaute Polt starr in die Augen. „Sei auf Scheußlichkeiten aller Art gefasst, Simon. Es wird Augenblicke geben, in denen du es bitter bereust, diesen verdammten Beruf gewählt zu haben."

Polt, der nicht länger angestarrt werden wollte, holte sein Butterbrot hervor und betrachtete es trübsinnig. „Es ist mir nichts anderes übrig geblieben. Eigentlich wollt ich ja Lehrer werden. War aber zu teuer für meinen Vater." Polt biss zu.

Gabler nickte wissend. „Ah, ja, hat ja seine Bauernwirtschaft aufgeben müssen, der alte Heinrich Polt. Der Widhalm Karl wollt übrigens sogar Pfarrer werden. Jetzt ist er unser Experte für sexuell motivierte Straftaten."

„Wie das?"

„Eigene Erfahrungen, Simon, und die reichlich. Eine Friedenstaube haben wir auch noch bei uns, einen Täuberich, besser gesagt, den Wurst Walter. Sorgt dafür, dass sich Schlägereien in Wohlgefallen auflösen, bringt Hitzköpfe zur Vernunft und bewegt Streithähne zum Einlenken. Nur zu Hause, da rutscht ihm von Zeit zu Zeit die Hand aus."

„Und wer tut was dagegen?"
„Niemand. Tags darauf ist er ohnehin so was von schuldbewusst und zerknirscht. Kannst seine Frau fragen. Ja und dann gibt es noch den Marchart Josef. Unser Mann fürs Grobe. Fragt nicht lang, haut hin. Ist leider allzu oft die bessere Lösung. Glaub mir, Simon."
„Also, ich weiß nicht recht."
„Ja, was weißt du schon ... Vor Dienstschluss, am späten Nachmittag, fährst du heute mit mir ein paar Runden Streife. Die Abwechslung wird dir gut tun und es ist nie früh genug für praktische Erfahrungen."
„Natürlich."
„Also dann! Bis später. Ich werde mich jetzt den Aufgaben eines stellvertretenden Dienststellenleiters widmen."
„Und das bedeutet?"
„Nichts."

Gegen fünf öffnete sich die Tür von Harald Manks Büro. Franz Gabler trat auf Polt zu.
„So, mein lieber junger Freund, wir zwei gehn's an. Jetzt kannst den Waffengurt anlegen. Wird zwar nichts los sein, aber vielleicht ja doch. Gibt ja immer mehr Ausländer bei uns ..."
„Muss ja kein Nachteil sein, oder?"
Gabler schaute seinen jungen Kollegen schweigend an. Weindunst hing in der Luft.
„Wenn hier einer gscheit daherredet, dann ich, Simon. Und los jetzt!"

Franz Gabler lenkte den weißen VW-Käfer gemächlich durch Burgheim und bog dann in einen unbeleuchteten Feldweg ein, der, wie Polt wusste, zur Kellergasse von Brunndorf führte.

„Eine beliebte Ausweichstrecke für Betrunkene, Simon. Siehst du das Auto da vorne am Waldrand? Natürlich ohne Licht, obwohl es schon dämmert." Wenig später schaltete Gabler das Blaulicht ein und gab Haltezeichen. „Das ist der Wurm Karl, Simon. Nüchtern war der noch nie. Jetzt geht es nur noch darum, wie viel er getrunken hat." Der Polizist öffnete die Autotür. „Kannst sitzenbleiben, Simon. Der Karl ist sozusagen eine Stammkundschaft von mir. Mehr eine interne Angelegenheit als eine Amtshandlung, verstehst du?"

Polt verstand nicht, aber er wartete ab.

Als Gabler wieder ins Dienstauto stieg, hatte er ein längliches Paket in der Hand. „Da, riech einmal."

Polt schnuppert und grinste. „Macht direkt Hunger, der Geruch. Wurst?"

„Ja, feinste geräucherte Polnische, Simon. Die hat der Karl beim Preisschnapsen gewonnen. Brot war leider keins dabei."

„Und hat er was getrunken?"

„Blöde Frage. Aber er wohnt ja in Burgheim, da hat er nicht mehr weit. Und ich hab ihm eingebläut, dass er ganz langsam und vorsichtig weiterfahren soll."

„Also ich weiß nicht recht ..."

„Er weiß schon wieder nicht recht, mein junger Freund! Ja, in der Schule lernt man so was nicht,

Simon. Der Wurm ist ein Herumtreiber, bei jedem Blödsinn dabei. Und er ist nicht dumm. Von so einem kann unsereins jede Menge erfahren – das heißt, wenn er mir gegenüber den Mund aufmacht. Und heute hab ich wieder einmal dafür gesorgt, dass er es weiterhin tun wird. Als Gendarm auf dem Land musst du auch ein Diplomat sein. Kapiert?"

„Nein, ja, irgendwie ... Aber die Wurst?"

„Ich hab ein Auge zugedrückt, und er war froh darüber, dass er sich bei mir erkenntlich hat zeigen können. So ist das nämlich."

Polt schwieg und sein Kollege gab ruckartig Gas. Schweigend legte er den Weg zur Kellergasse und nach Brunndorf zurück, fuhr von dort aus auf einem leicht ansteigenden Güterweg zur Staatsgrenze hin und näherte sich dann Burgheim. „Schluss für heute, Simon!" Gabler stutzte, drehte das Funkgerät lauter und bremste heftig. Die beiden Männer im Auto erstarrten. Ein Verkehrsunfall mit Todesfolge in Burgheim. Das Opfer: ein Radfahrer, der allseits bekannte Hans Windisch. Der offensichtlich betrunkene Autofahrer: Karl Wurm.

Franz Gabler hatte den Motor abgestellt und stierte, halb abgewandt, in die dichter werdende Dunkelheit. Auch Polt vermied es, seinen Kollegen anzuschauen. Dann spürte er eine Berührung an seinem linken Knie. „Gottverdammte Scheiße, Simon. Aber auch ein Glück, dass du heute neben mir sitzt."

„Warum?"

„Weil der Simon Polt schwer in Ordnung ist. Hab ich gleich gewusst, vom ersten Augenblick an. Der und einen Kollegen vernadern? Nie und nimmer!"

Polt schwieg und schaute noch immer geradeaus.

„Sag was, junger Freund. Wenn einer Zuspruch braucht, dann ich."

Polt dachte angestrengt nach. „Wirst du eine Niederschrift machen, Franz?" Seine Stimme zitterte.

„Niederschrift? Worüber? Es war doch nichts, nicht wahr?"

„Doch, es war was."

„Simon! Ich weiß, dass du schockiert und durcheinander bist. Versuch bitte erst einmal ruhig zu werden und klar zu denken. Der Windisch Hans ist, na ja, er war ein arbeitsscheuer Alkoholiker, ein übles Subjekt, ein Raufbold und Gelegenheitsdieb. Ich gehe jede Wette darauf ein, dass er noch viel besoffener war als der Wurm Karl. Der Windisch wär auch einem nüchternen Fahrer in die Quere gekommen. Na, der Karl ist jetzt sowieso dran. Kann einem leidtun, der Mensch. Und ich kann und will es mir einfach nicht vorstellen, dass der Simon Polt mir ein Disziplinarverfahren an den Hals wünscht, das nichts ändert, das keinem hilft, aber mich womöglich zugrunde richtet. Nach dem Buchstaben des Gesetzes handeln ist die eine Sache, Simon. Ein Mensch sein die andere. Verstehst?"

„Nicht bös sein. Ich muss erst darüber nachdenken."

Jetzt lag die Rechte von Franz Gabler schwer auf Polts Knie. „Versteh ich. Du weißt gar nicht, wie gut ich das versteh. Also keine Wellen vorerst. Wir zwei machen jetzt einmal schön unauffällig Dienstschluss. Soll ich dir helfen beim Nachdenken? Ein Schweinsbraten im Kirchenwirt, ein Viertel Grüner, und die Welt schaut gleich anders aus. Was ist?“

„Nein, lieber nicht, Franz.“

„Auch gut. Aber wir reden noch über die Sache, heute Abend, irgendwann, wenn du so weit bist. Wo wohnst du eigentlich? Hast ein Telefon?“

„Ja. Ich hab ein Zimmer beim Höllenbauer gemietet, hier in Burgheim. Ich schreib dir die Telefonnummer auf.“

„Und ich darf anrufen? Sagen wir so um neun?“

„Meinetwegen.“

Verstört und schweigsam folgte Polt seinem Vorgesetzten in die Dienststelle. Franz Gabler hingegen gab sich wie immer und schirmte Polt geschickt von den Kollegen ab. Er begleitete ihn vor die Tür. Dort gab er ihm einen herzhaften Rippenstoß. „Wirklich kein Abendessen?“

„Ich brächt keinen Bissen hinunter.“

„Du brauchst ein dickeres Fell, Simon, sonst gehst du vor die Hunde in unserem Beruf.“

„Ja, vielleicht.“

„Bis später dann.“

Zum Hof des Höllenbauern waren es nur ein paar Minuten zu Fuß. Polt ging langsam, mit unsicheren Schritten, als wäre er ein alter Mann. In seinem Zimmer angekommen, strich er sich über Stirn und Augen, öffnete das Fenster und ließ die kühle Herbstluft herein. Plötzlich musste er lachen. Das war er also gewesen, der erste Tag in seinem neuen Beruf. Er drehte sich um, ging zum Waschbecken und betrachtete sein Gesicht im Spiegel. „Gratuliere, Herr Gendarm." Dann versuchte er nachzudenken. Aber in seinem Kopf ging es zu wie in einem Fass mit gärendem Traubensaft. Blasen stiegen auf und zerplatzten an der Oberfläche, irgendetwas veränderte sich ohne sein Zutun. Nach und nach spürte Polt, wie er sich fremd wurde.

Als pünktlich um neun das Telefon läutete, war er fast erleichtert. Franz Gablers Stimme klang jetzt anders, leise und spröd. Es sei alles nicht so einfach, sagte er, für keinen von beiden, und es wäre wohl besser, die Sache nicht mit ein paar Sätzen am Telefon abzutun. Ob er Polt besuchen dürfe?

Ein paar Minuten später klopfte Franz Gabler an der hinteren Hoftür und wurde eingelassen. Polt war ein wenig überrascht, als er ihn dann an seinem Tisch sitzen sah. Der Gendarm war blass, schwieg vorerst und schaute sich unsicher um. Endlich versuchte er zu grinsen. „Recht einfach hier, wie? Da weiß ich was Besseres, Simon! Meine Tante wohnt allein in einem großen, schönen Bauernhaus. Der fehlt ein Mann, und wie! Soll ich mit ihr reden, Simon?"

„Nein, danke. Mir gefällt es hier, und der Höllenbauer Ernst ist ein guter Freund."

„Wohl dem, der so was hat! Und mir ist ein saftiger Bestechungsversuch gründlich danebengegangen. Aber jetzt im Ernst: Ich habe scharf und gründlich nachgedacht. Im Grunde genommen ist es eine Frechheit, dich zu drängen in dieser Sache!"

Polt schaute auf. „Ja? Meinst du wirklich?"

„Ja, mein ich. Warum in aller Welt, solltest du es zulassen, gleich am ersten Berufstag ins Zwielicht zu geraten? Du musst einfach tun, was zu tun ist. Und wenn der alte Franz Gabler dabei ins Schussfeld gerät, ist er selber schuld, nicht wahr?"

„Wenn's nur so einfach wäre ..."

„Es ist so einfach, glaub mir. Und ich versuche es auch in deinem Sinne zu erledigen. Wenn's dir recht ist, Simon, rufe ich noch heute den Harald Mank an, oder geh gleich zu ihm nach Hause. Ich erzähl ihm, was war, und hör mir erst einmal an, was ihm dazu einfällt. Er ist ein guter Taktiker, der Harald. Wenn unsereiner nur noch die Wahl zwischen zwei Möglichkeiten hat, eine schlechter als die andere, fällt ihm manchmal ja doch noch eine dritte ein."

„Und warum überhaupt taktieren?"

„Um dir zu helfen, Simon. Ich bin jetzt ganz offen. Du kannst dir denken, dass ich mir diese Niederschrift nur zu gern erspart hätte, feig und berechnend wie ich bin, wärst du nicht Zeuge gewesen, und zwar einer, der nicht zulässt, dass irgendetwas vertuscht wird."

„Was ist schlecht daran?"

„Im Prinzip nichts. Aber du wirst einsam sein in der Dienststelle, verdammt einsam. Die einen werden nichts mit dir zu tun haben wollen, weil ihnen deine Haltung nicht gefällt, die anderen, weil sie Angst vor dir haben, vor deinem unbedingten Willen zur Wahrheit, mein ich."

„Ah so ..."

„Und bald wird unserem Herrn Dienststellenleiter nichts anderes übrig bleiben, als auf deine Versetzung zu drängen. Unser kleiner Posten funktioniert nur als verschworene Gemeinschaft."

„Und der Ausweg?"

„Was weiß ich. Vielleicht begnügt sich mein Herr Dienststellenleiter mit einer persönlichen Strafpredigt, mit Sanktionen, die unter uns bleiben. Und du hättest nichts damit zu tun, außer, dass Harald Mank Bescheid weiß. Und der kann schweigen."

„Kann ich morgen mit ihm darüber reden?"

Polt erschrak, als Franz Gabler zornig auffuhr und mit der Faust auf den Tisch schlug. „Worüber reden, du Arsch? Über eine vertrauliche Abmachung zwischen mir und ihm? Dir zuliebe! Über etwas, das dich einen Dreck angeht? Damit du mich in der Hand hast, für ewige Zeiten, wie?"

„Damit ich weiß, ob du die Wahrheit sagst oder nicht." Polt hob die Arme vors Gesicht, als sein Besucher mit einer raschen Bewegung zum Schlag ausholte. Dann aber atmete der Gendarm tief durch. „Nein, nein, ganz ruhig, Burschi. Ich vergreife mich schon nicht an dir, Milchbart. Aber freu dich auf morgen. Freu dich auf jeden Tag deines künftigen Lebens. Ich werde dafür sorgen, dass viele hübsche kleine Höllen für dich angeheizt sind. Und jetzt schlaf gut, Hurenkind." Er spuckte aus.

Polt hob erst wieder den Kopf, als er hörte, wie die Tür heftig zugeschlagen wurde. Er schaute zum Kühlschrank hinüber. Ein Riesling vom Höllenbauer lag dort bereit, zur Feier des Tages. Polt überlegte, die Flasche einfach auszutrinken. Die Gedanken würden verschwimmen und irgendwann nicht mehr stören. Und morgen früh war ein anderer Tag. Aber das war doch kein Anfang, davonlaufen, sich betäuben, resignieren. Er wartete und wusste nicht, worauf er wartete. Aber er ahnte es immerhin. Kurz vor Mitternacht rief Franz Gabler wieder an. Er war sehr betrunken und kaum zu verstehen. „Du, Simon, entschuldige, verzeih mir, alles in Ordnung zwischen uns?"

„Schon gut."

„Gar nichts ist gut. Sag, Simon, angenommen, nur einmal angenommen, mich gibt's nicht mehr, morgen früh, ist es dann leichter für dich? Ach was, Blödsinn, nichts ist leichter für dich, im Gegenteil. Aber mir egal, so was von egal. Es kommt halt, wie es kommt."

„Wovon redest du?"

„Stell dich nicht blöd. Blöd bist du nämlich nicht. Was ist? Keine Antwort für mich?"

„Nein, Franz. Ich kann dir nicht helfen und mir schon gar nicht. Seit Stunden renn ich mit dem Kopf gegen die Wand."

„Das tut nur unnötig weh, Simon. Lassen wir's bleiben." Dann hörte Polt das leise Geräusch eines aufgelegten Telefonhörers.

Natürlich hätte er jetzt Franz Gabler aufsuchen können, ihm gut zureden, ihn vertrösten, bis das

Ärgste vorbei war. Aber eine lähmende Sturheit war über ihn gekommen. Eine Weile saß er noch regungslos da, dann stand er auf und ging in die Nacht hinaus. Er folgte einem schmalen Feldweg, der zum Grünberg hin führte. Die Lichter des Dorfes blieben hinter ihm zurück, bald konnte Polt den Weg vor sich nicht mehr sehen, aber er spürte unter seinen Füßen zwei Spuren, die von Traktorreifen stammten, und das Gras an den Rändern. Er ging langsam, fast als zögere er vor jedem Schritt. Die Dunkelheit war sehr dicht um ihn, allmählich drang sie durch die Haut und füllte ihn aus. Noch bevor er die matt erleuchtete Kellergasse erreichte, blieb Polt stehen. Leicht vornüber gebeugt stand er da, die Hände in den Hosentaschen, die Schultern hochgezogen. Es war recht kühl so spät im Jahr, und bei klarem Himmel hätte es schon Frost geben können. „Lassen wir's bleiben", murmelte Polt und ging auf das Dorf zu.

Als er am nächsten Tag in die Dienststelle kam, saßen zwei Gendarmen an ihren Schreibtischen und nickten ihm schweigend zu. Franz Gabler war nicht hier. Polt erschrak, wagte es aber nicht, nach ihm zu fragen. Dann sah er Harald Mank in der offenen Tür seines Büros stehen. „Ah ja, unser Neuer." Der Dienststellenleiter machte mit dem Kopf eine sparsame, einladende Bewegung. „Herein mit ihm." Mank schloss die Tür, rückte für Polt einen Sessel zurecht und stellte zwei gefüllte Kaffeetassen auf den Tisch. „Guten Morgen Simon. Ich darf doch, wie?"

„Ja, klar.“

„Gleich vorweg, es redet sich dann leichter. Ich bin informiert. Der Franz ist zu mir gekommen, spät nachts, und für heute hat er den Dienst getauscht, weil er dir nicht in die Augen schauen kann.“

„So? Ja dann ...“

„Und du hast verdammt schlecht geschlafen, wie ich sehe.“

„Gar nicht.“

„Das hört man gern. Mit einem kaltherzigen Musterknaben könnt ich nur wenig anfangen. Du hast den Franz gestern erst einmal als recht umgänglichen Gendarmen kennengelernt, ziemlich von sich eingenommen allerdings, mit ein paar merkwürdigen Ansichten. Hab ich recht?“

„Ja.“

„Und dann, auf der Streife, hast du einen erleben müssen, der die Dienstvorschrift biegt und beugt, wie er's braucht. Geschenkannahme in Amtssachen ohne jedes Unrechtsbewusstsein, alkoholträchtige Freunderlwirtschaft mit tödlichen Folgen. Aber es ist noch schlimmer gekommen: Der Franz wollt sich drücken, und zwar auf deine Kosten. Ich kann mir lebhaft vorstellen, wie er sich aufgeführt hat. Da kennt er wenig Hemmungen. Letztlich ist er ja mit wüsten Drohungen im Zorn von dir weggegangen, hat er mir erzählt.“

„Wundert mich eigentlich.“

„Was?“

„Seine Offenheit.“

„Dafür hat's einen Grund gegeben, Simon. Ich sag jetzt einmal Respekt dazu."

„Versteh ich nicht."

„Als er wieder so halbwegs klar denken hat können, nach seinem Wutausbruch, hat er sich widerwillig eingestehen müssen, dass du dich tapfer geschlagen hast. Dann hat er sich in den Alkohol geflüchtet, um seine üble Rolle in diesem Spiel zu vergessen. Hat aber nichts geholfen. An sich ist es eine Stärke vom Franz, auch besoffen so halbwegs klar zu denken. Hat sich aber diesmal gegen ihn gerichtet. Als er dich das letzte Mal angerufen hat, Simon, war er ehrlich, in jeder Hinsicht."

„Auch was diese Selbstmorddrohung angeht?"

„Ja, auch. Er war ziemlich verzweifelt."

„Verdammt!"

„Er hat nur ganz kurz daran gedacht, dann hat er sich gefangen, letztlich auch dir zuliebe. Er hätte alles ja nur noch schlimmer gemacht."

„Darf ich ... darf ich fragen, wie es weitergeht?"

„Na, wie schon. Der Franz wird ohne Beschönigung seine Niederschrift machen und nicht vergessen, deine Haltung anerkennend zu erwähnen – hat er mir versprochen. Und mit den Kollegen in der Dienststelle will er auch reden – in deinem Sinne. Ich sag dir was, Simon: Ich möcht es dem Franz und mir und uns allen wünschen, dass er mit halbwegs heiler Haut davonkommt."

Polt, verstört, erleichtert und todmüde, spürte, wie er nasse Augen bekam.

„Was ist, Simon?“

„Was soll schon sein. Gestern war ich noch neu hier, ein Junger, der alles vor sich hat.“

„Und jetzt?“

„Hab ich’s hinter mir.“

Eine Ewigkeit Belichtungszeit

Erwin Bär, seines Zeichens Totengräber in Burgheim, war bester Laune. Er pfiff beschwingt die Melodie eines Trauermarsches und näherte sich lebhaften Schrittes seinem Arbeitsplatz. Erst führte sein Weg ein Stück durch die Kellergasse. Gestern Abend hatte er dort wieder einmal nachhaltig erfahren, wie angenehm es sein konnte, unter die Erde zu kommen, vorausgesetzt, man war am Leben, von wohlgefüllten Fässern umgeben und von Männern, die sich aufs Trinken verstanden. Heute nahm er die Abzweigung nach links und ließ seine Blicke gemächlich über Häuser und Felder hin zur Friedhofsmauer schweifen. Wirklich, es war eine Lust zu leben. Dieser Sommermorgen gab sich aber auch alle Mühe. Der noch hellblaue Himmel glänzte wie frisch gewaschen, die Sonne weckte den Duft von Gräsern und Blüten auf und der Wind strich freundlich und erfrischend übers Land. An einem Tag wie diesem sah der Totengräber sein von jenseitiger Düsternis umschattetes Berufsleben im schönsten Licht und überdies dachte er voller Vorfreude an den nahen Radwandertag. Erwin Bär war so nebenbei nämlich auch Obmann des betreffenden Vereins und hatte großes Interesse an einer stabilen Hochdruckperiode. Als Totengräber war er diesmal eigentlich nur unterwegs, um ein wenig nach dem Rechten zu sehen, denn das Grab für die nachmittägliche Bestattung war längst ausgehoben.

Leichthin öffnete er das leise quietschende Friedhofstor, strebte zielsicher auf sein getanes Werk zu und erstarrte, als er einen Blick in die dunkle Grube geworfen hatte.

Dort unten lag oder besser saß ein regungsloser Mann. Er trug Jeans und ein T-Shirt mit dem Aufdruck „CLIMAX. NOW." Der Kopf war nach vorne gesunken und um den Nacken spannte sich der Lederriemen eines Fotoapparates, der neben dem Körper hing. Natürlich war Erwin Bär erschrocken, aber er fühlte auch gerechten Zorn in sich hochsteigen. Schließlich war es sein Amt, Leichen unter die Erde zu bringen. Schmutzkonkurrenz konnte er nicht dulden. Oder war der Mann gar noch am Leben? Jedenfalls war rasches Handeln vonnöten. Aber ein Mobiltelefon hatte er nicht. Das war ihm entschieden zu diesseitig. Der Totengräber holte also hastig ein Fahrrad aus der Gerätekammer, trat mit geübter Kraft in die Pedale und hielt Minuten später vor dem Polizeiwachzimmer von Burgheim. Er betrat ein unbestritten hässliches Gebäude aus den 60er Jahren, wo er Inspektor Simon Polt antraf. Der Totengräber betrachtete die massige Gestalt des Gendarmen. Nichts deutete darauf hin, dass auch Simon Polt gestern zur trinkfreudigen Männerrunde im Keller gehört hatte. Gleichviel – Erwin Bär hatte eine Neuigkeit loszuwerden. „Im Grab vom alten Wurzinger liegt einer!"

Polt blickte auf. „Der alte Wurzinger, wie ich vermute."

„Eben nicht." Erwin Bär war noch ein wenig außer Atem vom Radfahren. „Ein Unbekannter, mit einem Fotoapparat um den Hals. Schaut ziemlich tot aus."

„Na dann." Polt verlor nicht viele Worte, rief den Gemeindearzt an und fuhr mit einem Kollegen und dem Totengräber im Streifenwagen zum Friedhof. Während sie auf den Arzt warteten, machten sich die Gendarmen schon einmal an ihre Arbeit. Der Arzt kam, stieg vorsichtig in die Grube und sagte nach kurzer Untersuchung: „Der ist so tot, wie nur was. Der Kehlkopf ist eingedrückt. Da kommen wir um eine gerichtsmedizinische Untersuchung nicht herum. Kennt ihr übrigens den Toten?"

Polt nickte. „Kennen ist zuviel gesagt. Aber seit knapp einer Woche haben wir Journalisten aus Deutschland hier. Sie wohnen in Burgheim, beim Kirchenwirt. Muss einer von denen sein." Der Gendarm seufzte unwillig. „Ich werd wohl unverzüglich das Bezirksgericht anrufen, die sollen sich unseren Fund genauer anschauen." Er ließ seinen Kollegen und den Totengräber bei der Leiche zurück und sah zu, dass er in seine Dienststelle kam.

„Ausgerechnet einer von unseren Gästen!" Inspektor Polts Vorgesetzter, Harald Mank, schnaufte elegisch und biss in eine stark riechende Leberkässemmel. „Wir haben die Arbeit und unser Herr Bürgermeister hat ein Problem mehr. Dabei war er so glücklich darüber, dass sich endlich ein paar deutsche Journalisten für unser Wiesbachtal interessieren. Na ja, was soll's." Sein kurzer, dicker Zeigefinger wählte die Nummer des Gemeindeamtes.

„Ja? Frischauf!"

„Mank hier, Gendarmerie. Wir haben einen Toten. Den Fotografen aus deiner deutschen Reisegruppe."

„Nein!!"

„Ja. Könntest du gleich einmal herkommen?"

„In die Dienststelle? Natürlich, sofort!"

Harald Mank grinste. „Unser Herr Bürgermeister macht zwar nicht alles richtig, aber er macht es schnell. Das muss ihm der Neid lassen." An Simon Polt gewandt, fuhr er nachdenklich fort: „Du kümmerst dich bitte darum, wie es mit der Leiche weitergeht. Der Gerichtsmediziner wird sie im Aufbahrungsraum untersuchen wollen." Der Inspektor nickte nicht allzu erfreut. Obduktionen vor dem Mittagessen waren so gar nicht seine Sache.

Kaum war er gegangen, kam Bürgermeister Frischauf eilig zur Tür herein. „Also los! Wer ist tot? Wo, wann? Warum, wie? Mein Gott, als ob ich nicht schon genug am Hals hätte!“

„Der Fotograf ist es. Er liegt in einem frisch ausgehobenen Grab am Friedhof von Burgheim. Sein Kehlkopf ist eingedrückt.“

„Das auch noch. Also kein Unfall, wie?“

„Wohl kaum. Wir werden ja bald mehr wissen. Kaffee?“

„Nein, danke. Oder ja bitte. Was weiß ich. Aber ein Schnaps wär jetzt bestimmt nicht verkehrt.“

Harald Mank wiegte verweisend das massige Haupt. „Alkohol in einer Polizeidienststelle? Herr Bürgermeister!“ Er zog die unterste Schreibtischlade auf und holte eine Flasche hervor. „Nur für Notfälle, du verstehst.“ Er füllte zwei dickwandige Spitzgläser bis zum Rand und schob eines über den Schreibtisch. „Aber jetzt in aller Ruhe: Wann hast du deine Gäste zum letzten Mal gesehen?“

„Auf die Minute genau kann ich es nicht sagen. Es muss gegen elf Uhr nachts gewesen sein, in der Burgheimer Kellergasse. Ein paar Minuten danach war ich nämlich zu Hause. Ist ja nicht weit.“

„Hast du die fünf ins Wirtshaus gebracht?“

„Zum Kirchenwirt? Eben nicht.“ Bürgermeister Frischauf schaute unglücklich drein. „Meine lieben Gäste waren, wie soll ich sagen ... ach was, sie waren stockbesoffen und nicht mehr zu bändigen. Zuletzt sind wir im Presshausstüberl der Familie Höllenbauer gesessen. Aber irgendwann ist es auch dem Ernstl zu viel geworden. Natürlich hätte ich die Helden noch ins Wirtshaus gebracht. Ich war ja nüchtern. So gut wie", fügte Frischauf hinzu, als er ein leises Schmunzeln im Gesicht Harald Manks erblickte.

„Und weiter?"

„Zum Kirchenwirt sind's nur irgendwelche zehn Minuten zu Fuß. Wir haben unseren Trunkenbolden den Rückweg eingebläut, so gut es ging, und ihnen noch viel Vergnügen in der Kellergasse gewünscht."

„Mhm." Mank schaute zur Tür hin, und sah Simon Polt eintreten. „Na, Simon, was ist?"

Polt schaute sehnsüchtig auf die geleerten Schnapsgläser. „Der Gerichtsmediziner ist grad eingetroffen. Er hat mich bei der Untersuchung nicht dabei haben wollen, gottlob. Und wir bekommen schriftlich Bescheid, hat er gesagt. So ein Junger, weißt du? Die nehmen's ganz genau."

Mank schob Polt ein gefülltes Schnapsglas hin. „Soll sein. Und weil du schon einmal an dieser Sache dran bist, übernimm bitte die weitere Untersuchung. Lass dir vom Bürgermeister erzählen, was er weiß, ist wenig genug. Kannst meinen Platz am Schreibtisch haben. Unsereins hat ja auch noch Wichtigeres zu erledigen."

Polt schaute zur Wanduhr. „Zweites Frühstück. Hab ich recht?"

Der Inspektor wählte die Nummer des Kirchenwirts.

„Guten Morgen Franz. Simon Polt hier. Sag einmal, sind deine deutschen Gäste im Haus?"

„Na freilich. Die waren ja nicht zu überhören, als sie zurückgekommen sind. Und einer hat sich in den Topf meines Philodendrons übergeben. Um es vornehm zu sagen.“

„Wann war das?“

„Gegen zwei Uhr früh. Ich war gerade schlafen gegangen.“

„Und derzeit?“

„Kein Laut aus den Zimmern. Tiefe Bewusstlosigkeit, würde ich sagen.“

„Kannst du bitte dafür sorgen, dass keiner von denen dein Wirtshaus verlässt? Ich bin in ungefähr zehn Minuten bei dir.“

„In Ordnung, Simon. Aber sag, was ist passiert?“

„Später.“

„Also gut, bis gleich.“

Inspektor Polt gab dem Kollegen vom Journaldienst Bescheid und bat den Bürgermeister, mit ihm zu kommen. An diesem frühen Morgen war die Gaststube noch leer. Bald würden aber die Senioren ihren Stammtisch besetzen, und um zehn begannen die Amtsstunden des Sparvereins.

„Grüß dich, Simon, meine Verehrung, Herr Bürgermeister!“ Franz Greisinger, auch Franzgreis genannt, sträubte tatendurstig seinen borstigen Schnurrbart. „Was darf es sein?“

„Einen großen Kaffee“, sagte Polt. „Und Sie, Herr Bürgermeister?“

„Traubensaft.“

„Schon unterwegs.“ Der Wirt ging gemessenen Schrittes zur Schank.

„Wir setzen uns nach hinten ins Extrazimmer und möchten gerne allein bleiben“, gab Polt Bescheid. „Aber wenn sich einer deiner Zimmergäste zeigt, soll er uns bitte Gesellschaft leisten!“

„Die werden sich aber freuen.“ Franzgreis lachte. „Und du lässt mich noch immer dumm sterben?“

„Ja. Aber nicht aus Bosheit.“

„Das ist immerhin etwas.“

Simon Polt schaute Frischauf nachdenklich in die Augen. „Solange wir noch allein sind – was sind denn das für Leute?“

„Gar nicht so leicht zu beantworten, diese Frage. Aber als Bürgermeister bekommt man ja doch einen gewissen Scharfblick für Menschen. Also: Zwei Paare sind es – ich red jetzt von den Lebenden. Nur eines ist verheiratet, und zwar sehr verheiratet, so richtig lieb, adrett und innig.“

„Und das andere Paar?“

„Eher von der lockeren Sorte. Sie ein Typ zum Pferdestehlen, ziemlich sexy, und er so ein urbaner Schönling mit Dreitagebart. Aber nicht unsympathisch, alles in allem.“

„Bleibt unser teurer Verblichener.“

„Ja, allerdings. Pieter Kampa ist übrigens sein Name. Mit dem habe ich so meine Probleme. Ein Genussmensch, lässig, humorvoll und ein Frauentyp – das behauptet wenigstens meine Herta, die hat ihn ja auch schon kennengelernt. Ich meine aber, dass er bei Gelegenheit ziemlich skrupellos sein kann, konnte – allerdings auf eine unwiderstehlich charmante Weise, wie meine Herta hinzufügen würde."

„Der kann man wohl nicht so leicht etwas vormachen, wie?"

„Nein, das kannst du mir glauben. Aber abgesehen davon: Ich glaube, wir bekommen Besuch."

Hand in Hand traten zwei junge Leute ins Extrazimmer, blieben unschlüssig stehen, und ihre blassen Gesichter schauten verlegen drein, als sie den Bürgermeister erblickten. Er stand auf und ging ihnen entgegen. „Guten Morgen, ihr zwei." Dann wandte er sich an den Gendarmen. „Darf ich vorstellen? Benno und Gudrun Bieler."

„Grüßgott. Ich bin der Simon Polt von der örtlichen Gendarmerie."

„Wie? Was?" Benno Bieler versuchte offenbar verzweifelt einen klaren Gedanken zu fassen. Dann wandte er sich mit einem schiefen Lächeln an den Gendarmen. „Wenn es irgendetwas gegeben hat gestern, wofür wir uns entschuldigen sollten ..."

„Du, Benno, ich glaube, mir wird schon wieder übel", piepste seine Frau kläglich und lief mit unsicheren Schritten davon.

Simon Polt nahm einen Schluck Kaffee. „War's denn so schlimm?"

„Noch viel schlimmer." Dann saugte sich Benno Bielers Blick an der Uniform des Gendarmen fest. „Was machen denn Sie hier? Ich meine ..."

„Ach, wir gehn da einer merkwürdigen Sache nach. Tun Sie erst einmal etwas gegen Ihren Zustand. Vielleicht hilft eine kräftige Rindsuppe." Er ging zur Tür und rief dem Wirt seine Bestellung zu.

Gudrun Bieler war inzwischen zurückgekehrt. Franzgreis servierte die Suppe und stellte ungefragt eine große Flasche Mineralwasser und Gläser daneben. Die beiden löffelten tapfer und schweigend. Wieder öffnete sich die Schwingtür ins Extrazimmer.

„Kann ich hier irgendwo in Ruhe sterben?"

„Das ist Frau Winters, Babsi Winters", erläuterte der Bürgermeister.

„Guten Morgen, Herr Bürgermeister!" Die junge Frau nahm vorsichtig Platz. „Reden Sie überhaupt noch mit uns?" Erst jetzt bemerkte sie den Gendarmen. „Polente! Shit. Haben wir Mist gebaut? Wenn ich mich nur an irgendetwas erinnern könnte."

Simon Polt schaute zu Peter Frischauf hinüber. „Vielleicht sollten wir erst einmal die ganze Runde beisammen haben."

„Verstanden." Babsi Winters riss sich zusammen. „Ich hole meinen Helden und Lebensabschnittsbegleiter. Tot oder lebendig."

Wenig später schob sie einen verbeult wirkenden jungen Mann vor sich her. „Das ist Jürgen Schorm. Normalerweise sieht er besser aus. Jürgen, den Herrn Bürgermeister kennst du ja. Und der Herr in Uniform wird uns verhaften und dem Henker übergeben."

„Guten Morgen, Herr Schorm", sagte Simon Polt friedlich. „Fehlt eigentlich nur noch Pieter Kampa, der Fotograf, nicht wahr?"

Die vier schauten einander an.

„Pieter, der Größte", sagte dann endlich Babsi, „der Schönste und der Beste. Der verträgt doch mehr als wir alle zusammen! Wo bleibt er bloß? Soll ich ihn wachküssen?"

„Nein. Sollst du nicht", krächzte Jürgen Schorm, griff sich an die Stirn und versank in gequältes Schweigen.

„Pieter Kampa ist tot", sagte Simon Polt ruhig.

Gespenstische Stille machte sich breit. Gudrun Bieler starrte dem Gendarmen ausdruckslos ins Gesicht, dann fing sie leise an zu weinen. Ihr Mann drückte sie tröstend an sich und schaute irgendwie vorwurfsvoll in die Runde. Jürgen Schorm war ruckartig aufgestanden, worauf ihn offensichtlich eine heftige Kopfwehattacke in den Sessel zurückzwang. Babsi Winters hingegen war am ruhigsten von allen geblieben. Dann aber griff sie mit einer raschen Handbewegung zur Mineralwasserflasche und schmiss sie durch eines der geschlossenen Fenster. Als die letzten Scherben gefallen waren, sagte sie mit spröder Stimme: „Entschuldigt. Aber man verliert nicht alle Tage einen ehemaligen Liebhaber." Als das Fensterglas geklirrt hatte, war Jürgen Schorm wie alle anderen erschrocken. Jetzt blickte er nicht einmal auf.

Gudrun Bieler hatte zu weinen aufgehört. „Pieter, lieber Pieter", flüsterte sie.

Babsi wirkte eher belustigt als gekränkt. „Was! Du auch?"

„Ich schäme mich nicht. Er war wie, lacht mich bitte nicht aus, wie ein starkes, schönes Tier. Mit Benno habe ich mich ausgesprochen."

Babsi kicherte hämisch. „Schluss mit tierisch, was? Wie schön für euch.“ Dann wandte sie sich dem Gendarmen zu. „Verdammt noch einmal, wie ist das passiert, Herr Kommissar?“

„Inspektor heißt das bei uns.“ Polt seufzte. „Um zu erfahren, was geschehen ist, brauche ich eure Hilfe.“

Babsi nickte verständig. „Natürlich! Aber wir haben alle ziemlich schwere Blackouts, fürchte ich.“

„Das legt sich vielleicht später.“ Polt lehnte sich zurück, sein Sessel knarrte. „Fangen wir vielleicht gegen Mittag an. Wie war das gestern so?“

Bürgermeister Frischauf erzählte. „Vormittag waren wir in Sachen Kultur unterwegs, und zu Mittag sind wir in Brunndorf im Gasthaus Stelzer gelandet.“

„Schweinsbraten mit Knödel und Salat“, murmelte Jürgen Schorm. „War lecker. Heute brächte ich nicht einen Bissen hinunter. Gott, was ist mir schlecht.“

„Denkst du, den anderen geht’s besser?“ Babsi musterte ihn verächtlich und dachte laut nach. „Und dann ging’s doch in die Kellergasse von ...?“

„... Burgheim“, ergänzte der Bürgermeister.

Babsi Winters grinste. „Da waren wir bei einem Herrn Räuschl im Keller. Der Name hätte uns eine Warnung sein sollen.“

Gudrun Bieler blickte auf wie ein weidwundes Reh. „Dort hat die Trinkerei so richtig angefangen, nicht wahr?“

„Allerdings.“ Babsi Winters betrachtete sinnend ihr Mineralwasserglas. „Zur Hölle mit dem Grünen Veltliner, dem Welschriesling, dem blauen Portugieser und wie sie alle heißen mögen ...“

„Der Wein kann nichts dafür. Der war sogar schwer in Ordnung, vom Feinsten, da kenn ich mich aus." Benno Bieler hob anklagend die Stimme. „Aber wir alle haben das rechte Maß verloren, und zwar gründlich."

„Jawohl, Herr Oberlehrer", murmelte Jürgen Schorm und verstummte.

Babsi beachtete ihn nicht. „Immerhin haben wir die schöne Fahrt durch die Kellergasse zu dieser Aussichtswarte an der Grenze noch vergnügt und klaren Sinnes durchlebt. Eine Landschaft zum Träumen ist das. Könnt ihr euch an den Typ mit dem uralten Fahrrad erinnern? Ein Gendarm, der ganz verklärt Wiesenblumen pflückt! Irre."

„Das war ich", sagte Polt verlegen.

Der Bürgermeister grinste. „Und was die Blumen betrifft: Ich kenne da eine Lehrerin ..."

„Ich auch." Polt klopfte unwillig auf den Tisch. „Aber jetzt weiter im Programm."

„Ja, weiter ging es allerdings!" Babsi seufzte. „In der Kellergasse von ..., na ist doch egal, war dann eine Presshaustür offen ... Langbacher hat er geheißen, nein, Kurzbacher. Wir mussten natürlich hinein. Toller Keller übrigens. Als wir wieder nach oben kamen, war es Abend."

Der Bürgermeister grinste. „So richtig erwischt hat euch aber auch der Kurzbacher nicht. Das ist erst später gekommen, stimmt's?"

„Ja, und zwar wieder in der Burgheimer Kellergasse, beim Höllenbauern." Jürgen Schorm wiegte vorsichtig sein gepeinigtes Haupt. „Erst haben wir im

Presshausstüberl etwas gegessen, dann sind wir in den Keller und als uns allen schon ziemlich kalt war, haben wir oben, in diesem Stüberl, weiter getrunken. Übrigens, liebe Gudrun: Dafür, dass du nichts mehr mit dem Pieter hast, hat er ganz schön bei dir gebaggert."

„Während seine linke Hand auf meinem Oberschenkel lag", stellte Babsi Winters klar.

„Na bestens." Ihr Freund lachte freudlos. „Und ich hatte dem Pieter schon Geschmacksverirrung unterstellt."

„Also das geht ja nun wirklich zu weit!" Mit einem vorsichtigen Temperamentsausbruch hob Benno Bieler den Kopf und schaute zornig drein.

„Lass ihn, Benno. Er ist unzurechnungsfähig." Babsi Winters' Augen glänzten.

Noch bevor sich der Streit so richtig entwickeln konnte, brachte Polt die kleine Runde auf andere Gedanken. „Wenn ich schon alle so schön beieinander habe: Ich brauche eure Fingerabdrücke. Ihre auch, Herr Bürgermeister, tut mir leid. Nur eine Routinesache. Ich hab alles Notwendige mitgebracht."

Wenig später war die Prozedur erledigt.

„Und weiter?", fragte Polt.

„Ach weh." Babsi Winters fuhr sich mit der Hand über die Augen. „Schön langsam verschwimmen die Bilder. Pieters Hand ist mir noch am deutlichsten in Erinnerung, und am angenehmsten. Irgendwann haben wir damit angefangen, besonders blöde deutsche Schlager zu singen. Zwischendurch ist mein Jürgen einmal wütend geworden und die Gudrun sentimental."

„Und Pieter Kampa?"

„Hat das alles sichtlich genossen. Er hat die Spannung angeheizt und wollte wohl irgendwann in der Nacht die Ernte einfahren, wie man so schön sagt, bei euch auf dem Lande."

„Den Teufel hätte er eingefahren." Jürgen Schorms Stimme klang gehässig.

„Wie haben Sie denn den späteren Abend so erlebt?" Der Gendarm schaute ihm freundlich ins Gesicht.

„Als nicht sehr harmonisch, wie Sie inzwischen gemerkt haben. In meinem Ärger habe ich noch mehr getrunken, und irgendwann war mir alles egal. Vor mir lief ein Film ab, und ich war unbeteiligter Zuschauer. Ein ziemlich mieser Film, übrigens."

„Vielleicht sollte ich etwas erklären", mischte sich Benno Bieler ein. „Meine Frau und ich führen ein ruhiges Leben. Uns fehlt ganz einfach die Praxis im Umgang mit Exzessen. Darum, glaube ich, waren wir auch die ersten, die wirklich aus der Rolle gefallen sind."

„So? Wie denn?" Polt schaute peinlich berührt auf seine Hände.

„Nun ja ..., ich bin, wenn ich mich recht erinnere, auf den Tisch gesprungen und habe Striptease getanzt. Der Beifall hielt sich übrigens in Grenzen. Und dann ist Gudrun vom Stuhl gefallen und unter den Tisch gerutscht. Dort hat sie entdeckt, wo Pieters Hand unterwegs war, hat kräftig hineingebissen und sich eine Ohrfeige eingehandelt. Ich wollte sie rächen und bin im Aufspringen rücklings in den Gläserschrank gefallen. Peinlich, das alles, nicht wahr?"

„Schon." Der Bürgermeister schaute streng drein. „Das war dann auch der Zeitpunkt, als wir unsere Gäste mit sanfter Gewalt aus dem Presshaus befördert haben. Alles Zureden hat nichts genützt, und so bekamen sie vom Höllenbauern noch eine Flasche und einen Korkenzieher in die Hand gedrückt. Damit endet für mich die Geschichte."

Jürgen Schorm berichtete verlegen. „Also, ich kann mich noch daran erinnern, wie ich, auf dem Asphalt sitzend, gerufen habe: Heute gehört uns die Kellergasse und morgen die ganze Welt."

„Sehr sinnig." Seine Freundin nickte. „Dann hast du dich auch noch angepinkelt. Ich hingegen wollte mich mit Pieter verdrücken. Das haben aber die anderen bemerkt, so besoffen sie auch waren, und sind hinter uns her ..., dann ist da nicht mehr viel Konkretes ... nein ... wirklich nicht."

Nach langem Schweigen meldete sich Gudrun Bieler wieder zu Wort. „Ich weiß nur noch, dass ich auf einmal unheimliche Lust auf Benno bekam. Ist doch legitim, oder?"

„Und wie!" Babsi Winters lächelte gemein.

„Halt doch den Mund, Babsi! Jedenfalls habt ihr uns nicht lassen, irgendwie. Es ist alles so entwürdigend."

„Weiß jemand, wie ihr ins Wirtshaus gekommen seid?"

Babsi Winters nickte. „Ich muss eingeschlafen sein. Irgendwann bin ich munter geworden, weil mir kalt war. Das hat mich aber auch ein wenig zur Besinnung gebracht und ich habe den Haufen Richtung Kirchenwirt getrieben. Nur gut, dass uns keiner gesehen hat."

„Pieter Kampa war dabei?"

„Anzunehmen."

„Und nichts weiter?" Simon Polt musterte eindringlich die Gesichter.

Schweigen, Kopfschütteln. Dann kam der Wirt herein. „Telefon für dich, Simon."

Als der Gendarm zurückkam, ging er auf Jürgen Schorm zu.

„Auf dem Fotoapparat sind Fingerabdrücke. Die von Pieter Kampa, nehme ich an. Aber was ist, wenn auch Ihre dabei sind, Herr Schorm?"

„Ja und? Ich interessiere mich für das Zeugs und habe es eben irgendwann in der Hand gehabt."

„Schon möglich. Aber der Kehlkopf des Fotografen wurde eingedrückt – vom Riemen des Fotoapparates."

Schorms Gesicht wurde grau, auf seiner Stirn standen Schweißperlen. „Und wenn ich irgendetwas getan haben sollte, dann weiß ich nichts mehr davon."

„Ja, ja. Aber dass Sie gerade an diesem Abend gute Gründe dafür hatten, Pieter Kampa was anzutun, ist doch recht plausibel, wie?"

„Es wäre mir ein Vergnügen gewesen, ihm die Zähne einzuschlagen", sagte Jürgen Schorm schlicht. „Aber ich bringe doch keinen um."

„Nüchtern natürlich nicht." Simon Polt seufzte, hörte ein Klopfen an der Tür und rief „Nur herein!"

„Bitte entschuldigen Sie die Störung!“ Ein sanfter bärtiger Mann schaute sich freundlich um. „Ich war vorhin auf der Dienststelle. Dort hat man mir geraten, Sie doch gleich hier aufzusuchen.“

„Und worum geht es, Herr Dr. Wundschuh?“

„Da war etwas, gestern Nacht, das Sie vielleicht erfahren sollten. Ich wohne in der Kellergasse, wie Sie wissen.“

„Der Kölladokta“, schmunzelte Polt und übersetzte: „Kellerdoktor.“

„Ja, so steht's auf einem Holzschild neben der Tür. Spätnachts, nach eins, hat mich ein stockbetrunkener Mensch aus dem Schlaf geweckt. Der da!“

Er zeigte auf Benno Bieler. „Er war kaum noch zu verstehen, aber er hat irgendetwas von Arzt gelallt. Ich habe ihn darüber aufgeklärt, dass ich Doktor der Philosophie bin. Im Augenblick war ich der Meinung, dass er ein Aspirin von mir wollte, oder so was, und habe ihn sanft vor die Tür geschoben. Aber heute ist mir die Sache mit dem toten Fotografen zu Ohren gekommen.“

„Na, Herr Bieler?“ Der Gendarm schaute ihn eindringlich an. „Jetzt denken Sie aber bitte ganz scharf nach!“

„Ja, natürlich. Aber es hilft nichts. Leere, absolute Leere. So glauben Sie mir doch, Herr Inspektor, um Himmelswillen!“

„Aber ja. Was soll außerdem so Schlimmes daran sein, wenn jemand versucht, Hilfe zu holen? Für Pieter Kampa vielleicht?“

„Als ob der je Hilfe gebraucht hätte."

„Sie haben ihn gehasst, Herr Bieler, nicht wahr?"

„Allerdings. Aber ich wäre doch nie so weit gegangen, dass ich ..."

„Aber Jürgen Schorm und die Sache mit dem Riemen?"

„Ich kenne den Jürgen seit vielen Jahren. Er mag ein wenig oberflächlich sein. Doch er ist kein Gewalttäter, ganz bestimmt nicht."

Babsi Winters unterbrach ihn mit einem gequälten Aufstöhnen. „Halluzinationen, das auch noch! Sieht noch jemand da draußen John Wayne in seinen besten Jahren stehen?" Alle schauten, alle sahen. „Das ist Walter Brunneis, der Leiter unserer Dorfmusik, komponiert sogar, und so nebenbei züchtet er Pferde", erläuterte der Gendarm. „Bin gespannt, was der uns zu erzählen hat."

Ruhig und selbstbewusst war der groß gewachsene Mann eingetreten. Dann begann er zu sprechen, und in seiner Stimme klang ein großes Orchester mit. „Grüßgott meine Damen und Herren, Respekt, Herr Inspektor. Es geht um diesen illegalen Grabbesetzer, nicht wahr? Unser Proberaum befindet sich nicht weit vom Friedhof, ist ja bekannt. Nun, heute Nacht, so kurz nach zwölf, nach einer langen Probe, wollte ich noch einmal an die frische Luft. Na ja, was soll ich sagen? Da war etwas wie Musik in der Dunkelheit, doch sie hat nicht wirklich sauber geklungen."

„Unsauber? Wie genau?" Simon Polt zeigte sich äußerst interessiert.

„Etwa auf halbem Weg zwischen Friedhof und Kellergasse schlug mir plötzlich eine seltsame Mischung aus Tönen entgegen, irgendwie symphonisch, dann aber auch nicht. Überwiegend Andante, würd ich sagen, zwischendurch Menuetto Allegretto, dann aber auch Allegro assai und Molto vivace."

„Das ist mir zu hoch." Polt stützte den rechten Ellenbogen auf und legte sein Kinn in die Hand. „Was waren das für Töne?"

Der Musiker ließ sich nicht lange bitten und bot eine eindrucksvolle Folge rhythmischen Keuchens, kehliger Laute und spitzer Schreie an. „Hat verdammt nach einer Orgie geklungen", fügte er hinzu und gönnte sich ein angedeutetes Lächeln.

„Danke", sagte Polt, „danke, wirklich! Ich glaube, Sie haben uns sehr geholfen, allen miteinander."

Als der Musiker gegangen war, betrachtete der Gendarm lange und ruhig die kleine Gruppe. „Ich werde euch etwas erzählen", brummte er endlich, „und ihr sagt mir, wenn etwas nicht stimmt."

Schweigen schlug ihm entgegen.

„Ich glaube, dass ihr euch alle sehr wohl an die ganze Nacht erinnern könnt. Kommt schon vor, dass einem irgendwas nicht mehr einfällt, aber eure Bewusstseinstrübungen sind mir irgendwie verdächtig, wie ausgemacht und abgestimmt, wisst ihr? Also: Die Situation war erotisch aufgeladen zum Funkensprühen – so viel ich halt davon versteh. Die Gruppe wollte das Vergnügen aber nicht irgendeinem Paar allein gönnen, und Eifersucht war auch noch im

Spiel. Bis jemand auf eine ganz wilde Idee gekommen ist."

„Dieser Jemand war ich." Benno Bieler hatte wieder fest die Hand seiner Frau ergriffen. „Alle mit allen, das war doch eine gerechte Sache, so ist mir das jedenfalls gestern Nacht vorgekommen, in meiner besoffenen Logik. Außerdem: Einmal etwas Ungeheuerliches erleben, das war schon was! Und du wolltest es ja auch, Gudrun?"

„Ja", hauchte sie und schaute ihn feuchtäugig an.

Polt räusperte sich unwillig. „Keine Sentimentalitäten. Irgendwie hat nämlich dieser Pieter Kampa das Spiel nicht überlebt. Was war wirklich los? Für Herrn Schorm schaut die Sache gar nicht gut aus, Herr Bieler hat allerhand zu erklären, und die anderen sind Mitwisser oder gar Beteiligte. Also?"

„Na, dann eben heraus mit der peinlichen Wahrheit." Babsi Winters zuckte mit den Schultern. „Der Pieter ist in voller Aktion plötzlich umgekippt ... Eigentlich kaum zu glauben, bei seiner Kondition. Herzschlag, vermutlich, jedenfalls war er mausetot. Erst sind wir alle höllisch erschrocken. Benno hat sich dann an das Doktorschild auf einem der Presshäuser erinnert, ist losgerannt und kam heulend und offenbar erfolglos wieder. Dann habe ich meinen so unerwartet aus dem Leben gerissenen Ex betrachtet und musste plötzlich schallend lachen."

„Ja", kam es spröde von Jürgen Schorm, „und alle haben mitgelacht. Auf einmal fanden wir das alles unheimlich skurril und komisch. Dann ist uns noch die Friedhofsmauer im Mondlicht ins Auge gefallen. In den Friedhof mit der Leiche! Das war natürlich die Überidee, urcool. Sogar ein frisches Grab war da."

„Ich habe den Pfarrer gespielt", sagte Benno Bieler leise.

„Liegt dir ja." Babsi malte mit dem Zeigefinger ein Viereck auf die Tischplatte. „Gudrun und ich waren noch am wenigsten besoffen, also haben wir den Pieter an den Armen gefasst und in die Grube gleiten lassen. Und dabei ist er uns entglitten."

„Ich habe ihn am Kopf gehalten." Jürgen Schorm hob die Hände. „Als er plötzlich nach unten rutschte, habe ich noch versucht, irgendetwas zu fassen und den Fotoapparat erwischt. Dabei muss die Sache mit dem Kehlkopf passiert sein."

„Das war's", sagte seine Freundin. „Und wir waren uns einig: Ausgemachte Sache, wir bleiben bei der Wahrheit, weil alles andere zu kompliziert wäre. Aber was das Finale angeht: Großes Gelöbnis. Keiner sagt was."

In das folgende Schweigen fiel ein beredter Seufzer des Bürgermeisters.

„Ich weiß schon, was Sie meinen", sagte Simon Polt. „Wird wahrscheinlich halb so wild werden. Wenn die Obduktionsergebnisse die Aussagen unserer Heldinnen und Helden bestätigen und der Richter auf einen Skandal, der keinem hilft und allen schadet, verzichten kann, habe auch ich keinen Grund für polizeilichen Übereifer. Mein Dienststellenleiter wird das nicht viel anders sehen." Dann verstummte Polt, weil Babsi

Winters darauf bestand, ihm einen nassen Kuss zu geben, der überdies penetrant nach Wein schmeckte.

So kam es, dass ein paar Tage später Erwin Bär, als er ein neues Grab aushob, seine Arbeit im befriedigenden Bewusstsein tat, dass diesmal alles seine Ordnung hatte.

Das war an einem Freitag. Am kommenden Sonntag sollte der Radwandertag stattfinden, und der Sommer gab sich noch immer alle Mühe.

Katerfrühstück

Gendarmerieinspektor Simon Polt betrachtete nachdenklich einen roten Zuckerlautomaten, der seit Jahrzehnten die graue Fassade von Aloisia Habesams kleinem Kaufhaus schmückte. Polt konnte sich noch gut daran erinnern, wie er als Kind davor stand, einen Schilling in der abwehrend zur Faust geballten rechten Hand. Doch fast jedes Mal war die Versuchung stärker: Immerhin hatte es für diese Münze damals eine kleine Tafel Schokolade oder eine Packung Kaugummi gegeben.

Der Automat war schon lange kaputt und die dereinst verheißungsvolle Aufschrift „Wähle selbst!" hatte nichts mehr zu sagen. Umso größer war die Auswahl in Frau Habesams Gewölbe, und dazu gab es auch noch die neuesten Dorfnachrichten, nicht immer der

Wirklichkeit entsprechend, aber stets unterhaltsam und liebevoll ausgeschmückt. Polt winkte der kundigen Kauffrau zu, die ihn durch das Glas der Eingangstür erspäht hatte, und setzte seinen Spaziergang fort. Er dachte nicht daran, sich seinen dienstfreien Tag durch Geschichten verderben zu lassen, die womöglich auch noch Arbeit für ihn bedeuteten.

Burgheim wirkte wie ausgestorben an diesem späten Montagvormittag. Die Straße war leer, die großen Hoftore in den schmalen, dicht aneinander gebauten Häuserfronten waren geschlossen. Doch dahinter, wusste Polt, ging es recht lebendig zu. Als der Gendarm den Hof seines Freundes Sepp Räuschl erreicht hatte, blieb er unschlüssig stehen. An sich hätte er ihm ganz gern Grüßgott gesagt, andererseits fürchtete er die Einladung zum Mittagessen. Die schon recht betagte Frau Räuschl gehörte zu jenen Bäuerinnen, die es sich zur Ehre anrechneten, gegen neun Uhr mit dem Kochen fertig zu sein. Von da an wurde der Braten im Rohr warmgehalten und allmählich löffelweich. Polt warf einen Blick auf das schön geschnitzte Hoftor, eines der letzten im Dorf, das noch nicht bäuerlichem Modernisierungseifer zum Opfer gefallen war. Dann stutzte er, trat rasch näher und spürte, wie sein Mund trocken wurde. Unter dem Tor war ein schmales rotes Rinnsal zu sehen. Polt bückte sich, tauchte den Finger hinein und roch daran: Blut. Da gab es keinen Zweifel.

Der Gendarm schüttelte aufkeimende Panik ab und griff zur eisernen Türschnalle. Das Tor war unversperrt. Rasch trat Polt ein und blieb beeindruckt stehen. Sepp Räuschl stand in der geräumigen Hofeinfahrt hinter einem roh gezimmerten Tisch und war gerade dabei, mit einem alten Militärbajonett den Hinterschinken einer Schweinehälfte abzutrennen. Der andere Teil hing an zwei großen Haken. An einem zweiten Tisch schnitt der junge Michel Mühlbauer, von Freunden Mikee genannt, Fleisch und Schwarten für die Sulz klein. Der Waschkessel diente als Wurstkessel und in der Küche war Frau Räuschl dabei, Speck auszulassen.

„Mord und Totschlag", sagte Polt beeindruckt.

„In einer Stunde gibt's frische Blutwurst." Der Sepp arbeitete unbeirrt weiter. Ein warmer Dunst von Fleisch und Blut lag in der Luft. „Kruzitürken! Das Zeug hat keine Schneid mehr, ich sollt eine Säge nehmen!" Wütend hieb er noch einmal zu und nickte dann befriedigt. „Na also. Warum nicht gleich. Bleibst zum Essen, Simon?"

„Ich weiß nicht recht ..., kein richtiger Hunger." Polt schaute sich verlegen um.

„Na, dann ein andermal." Räuschl hob grüßend die blutige Rechte.

„Ja, ja. Und vielen Dank für die Einladung, Sepp!" Polt wandte sich zum Gehen. Zwar konnte ihn die Aussicht auf ein Schlachtessen angesichts der zerteilten Tierleiche nicht verlocken, andererseits hatte er ja doch Hunger. Er beeilte sich also, noch vor der Mittagssperre in die Gemischtwarenhandlung zu kommen. Als er eintrat, blickte Frau Habesam auf. „Den Sepp besucht, wie? Ist beim Sautöten. Mich wundert's, dass der junge Mühlbauer mittut. Der ist zwar bei jedem Unsinn dabei, aber die Arbeit schmeckt ihm weniger."

„Macht eine Spenglerlehre, immerhin."

„Der Lehrmeister kann einem leidtun. Darf's eine Wurstsemmel sein?"

„Nein, lieber nichts Fleischiges. Eine Tafel Nussschokolade hätt ich gern."

„Ein Süßer, der Herr Gendarm! Oder ist es ein Geschenk?" Frau Habesam griff zu einer im Sonnenlicht ausgebleichten, leicht gekrümmten Packung.

„Nichts für ungut, Frau Habesam, aber geht's auch frischer?"

„Heikel auch noch. Also doch ein Geschenk! Unsere Lehrerin, die Karin Walter, nicht wahr? Wird's endlich was mit euch?"

„Nein."

„Ist schon gut. Hier bitte! Soll ich's schön einpacken? Ich hätt ein rotes Papier mit Herzerln drauf."

„Nur keine Umstände."

„Wenn's um die Liebe geht, ist mir keine Arbeit zu viel. Aber etwas anderes! Ich wollt sowieso auf die Wachstube kommen, nach dem Geschäft."

„Was ist denn passiert, Frau Habesam?"

„Bestohlen bin ich worden. Eine Stange Wurst fehlt, eine teure."

„Irrtum ausgeschlossen?"

„Bei mir immer. Außerdem ist das nicht der einzige Diebstahl in Burgheim. Dem Kirchenwirt, dem Greisinger, fehlt eine Kiste Bier, der alte Kofferradio vom Fürnkranz ist weg und ein Blumentopf vom Kriegerdenkmal. Ein Frevel, sag ich Ihnen, tote Helden zu bestehlen!“

„Und warum wissen wir nichts davon?“

„Wer hat schon gern mit der Gendarmerie zu tun? Und jetzt wissen Sie’s ja.“

„Danke. Irgendwelche Vermutungen?“

„Die Augen müssen S’ schon selbst aufmachen, Herr Polt.“

Der Gendarm zahlte und ging. Zu Hause angekommen, holte er sein Fahrrad hervor. Dieser freundliche Frühsommertag war gerade richtig für einen kleinen Ausflug. Gemächlich folgte Polt einem Güterweg, der über flaches Land zum südlichen Talrand führte und dann durch den Wald zu einer kleinen Kapelle hinauf, die von Rebenhängen umgeben war. Oben angekommen, stieg Polt, ein wenig außer Atem, vom Fahrrad und schaute über die Dörfer des Wiesbachtales hinweg zu den Kellergassen im Norden. Lange Ketten spielzeugkleiner Häuser zogen sich den Hang hinauf. Polt hatte plötzlich Lust auf Wein. Vielleicht war ja Sepp Räuschl nach seiner Bluttat in der Kellergasse anzutreffen. Tatsächlich sah er ihn im Presshaus mit Karl Mühlbauer zusammensitzen, dem Vater seines jungen Helfers.

„Du fehlst uns gerade noch“, sagte der Sepp statt einer Begrüßung, und der Mühlbauer nickte.

„Warum?“ Polt wartete, bis sein Glas mit grünem Veltliner gefüllt war, kostete und erkannte vergnügt den vertrauten Geschmack.

Räuschl hob sein Glas und zwinkerte Mühlbauer zu. „Weil es etwas zu bereden gibt, zwischen Nachbarn. Etwas Kriminalistisches!“

„Was denn?“ Polt trank noch einen Schluck.

„Das ist schnell gesagt.“ Mühlbauer hielt sein Glas gegen das Licht, als wolle er die Farbe des Weines prüfen. „Mein Bub ist ein Dieb, ein Haderlump, wie er im Büchl steht.“

„Von Dieb hat kein Mensch was gesagt, von Haderlump erst recht nicht!“, beschwichtigte Räuschl, „aber zwei Paar frische Bratwürste fehlen und nur der Michel kann sie genommen haben. Zehn Paar geb ich ihm, noch mehr meinetwegen, aber fragen hätt er mich sollen.“

Der Mühlbauer nickte. „Wenn er welche hätt haben wollen. Will er aber nicht. Er pfeift auf so was. Frisst lieber Hamburger oder wie das Zeugs heißt, das Neumoderne.“

„Na, vielleicht waren meine Würscht für seine feinen Freund?“ Räuschls Stimme klang etwas hinterhältig.

„Die Jungen sind halt, wie Junge sind.“ Mühlbauer seufzte.

„Und wie sie's von den Alten lernen, lieber Karl!“

„Was meinst denn damit, Sepp?“

„Nichts. Aber den Rechen hätt ich bei Gelegenheit gern wieder, den du dir vor einem Jahr ausgeborgt hast.“

„Schluss jetzt, ihr zwei!“ Polt trank aus. „Die besten Nachbarn, und dann fangen s' gar noch zum

Streiten an. Ich red einmal mit dem Michel. Ist er zu Hause?“

Mühlbauer war aufgestanden. „Wahrscheinlich. Aber gegen Abend zieht er immer los. Weiß der Teufel, wohin. Kommen S’, Herr Inspektor, wir treffen uns bei mir!“

Michel war gerade im Gehen. „Hallo du!“ Polt schaute dem jungen Mann mit der Bürstenfrisur freundlich ins Gesicht. „Hast noch ein paar Minuten Zeit?“

„Wenn es sein muss.“

„Nichts Wichtiges. Nur damit es keinen Unfrieden gibt, zwischen Nachbarn: Dem Räuschl fehlen zwei Paar Bratwürstel. Er gönnt sie dir, wenn du sie hast. Aber er will halt gefragt werden.“

„So. Will er. Dann frag ich ihn halt ob’s ihm ins Hirn gschissen haben, dem alten Trottel!“ Michels Kopf war hochrot. „Und die nächste Sau ghört ihm allein. Mich sieht der nimmer. Tschüss, die Herrschaften.“

„Tschüss!“ Mühlbauer schüttelte tadelnd den Kopf. „Das hat er aus dem Fernsehen.“ Er schaute Polt an. „Und wir sind jetzt gscheiter, nicht wahr?“

Am Abend, Polt hatte Nachtdienst, erzählte er seinem Vorgesetzten von Frau Habesams Wahrnehmungen. Harald Mank grinste.

„Die gute Aloisia Habesam wird alt!“

„Wie soll ich das verstehen?“

„Diesmal waren wir schneller. Wir haben die Täter, ein umfassendes Geständnis und die Zusage, den Schaden gutzumachen. Bei strengster Diskretion, übrigens!“

„Warum denn das?“

„Na ja. Blöde Buben waren’s, aus Langeweile und so. Denen will man ja nicht die Zukunft verderben. Noch dazu ...“

„Noch dazu was?“

„... wenn der Vater von dem einen Gendarm ist. Halt nur ja schön den Mund, Simon!“

„Natürlich. Nur eine Frage: war in dem Geständnis auch die Rede von Bratwürsteln und vom Räuschl Sepp?“

„Nein.“

„Und der Michel Mühlbauer, hat der mit der Bande was zu tun?“

„Nein.“

Im Morgengrauen kam Polt nach Hause. „Morgen, Czerno,“ begrüßte er seinen Kater. „Wirst hungrig sein.“ Er füllte den Fressnapf. Czernohorsky schnupperte und wandte sich dann gleichgültig ab. Polt schüttelte den Kopf. „Bist krank, Alter?“ Verschlafen ging er zum Badezimmer, rutschte aus und hatte Mühe, auf den Beinen zu bleiben. Er bückte sich und hob, interessiert von seinem Kater beobachtet, ein glitschiges Stück Wursthaut auf. „Czernohorsky! Der Kater von einem Gendarmen, ein gemeiner Bratwurstdieb! Weißt du, was darauf steht? Tierheim! Trockenes Brot! Hartes Lager!“

Leidlich ausgeschlafen besuchte Polt dann seinen Freund Sepp Räuschl, überreichte ihm zwei paar Würste, die er bei Frau Habesam gekauft hatte, und erzählte.

„Der Kater weiß halt, was gut ist." Der Sepp seufzte erleichtert. „Ist also alles wieder in Ordnung mit dem Nachbarn."

„Dann gehst jetzt hinüber zu ihm?"

„Den Teufel werd ich. Da muss schon er kommen."

„Unsinn, Sepp. Dann geh halt ich."

„Sehr gut. Kommst nachher zum Abendessen?"

„Was gibt's denn?"

„Bratwürstel."

Roter Oktober

Simon Polt glaubte zu trinken, wenn er atmete. Der Gendarmerieinspektor hatte einen dienstfreien Tag und saß mit seinem Freund Ernst Höllenbauer im Presshaus. Aus einem großen Edelstahlbehälter stieg der beerige Duft gequetschter roter Trauben, vermischt mit dem herben säuerlichen Geruch des Tresters, der zur Lesezeit vor den Weinkellern aufgehäuft war. Doch erst das alte Presshaus vollendete mit einem Hauch von Holz, feuchter Kellerluft und Pilzen das Bouquet in Polts Nase. Sonnenlicht fiel durch die offene Presshaustür und die kleinen Fensterluken und malte helle Rechtecke auf den abgetretenen Ziegelboden. Neben dem Behälter mit der Maische lagen Traubenreste. Polt deutete mit einer Schuhspitze auf einen roten Fleck.

„Was ist jetzt mit deinem Blauen Portugieser?"

Der Höllenbauer räusperte sich. „Was soll schon sein? Abseihen, das Ganze. Der Saft wird weggeschüttet und der Rest kommt als Dünger in den Weingarten. Zweitausend Liter, ein teurer Spaß! Aber auch schon egal."

„Ja, allerdings. War ein ordentlicher Schock, das mit der Leiche, nicht wahr?"

Der Höllenbauer stand schwerfällig auf. „Mir wird jetzt noch übel, wenn ich daran denke. Ich bereite heute früh alles für das Pressen vor, schau mir noch einmal die Maische an, greife hinein, stoße auf was Festes und hab den Rock von diesem toten Japaner in der Hand. Verdammt noch einmal, was hatte der in meinem Presshaus zu suchen?"

„Was weiß ich. Vielleicht war's Neugier. Wie ist er überhaupt hineingekommen?"

„Durch die offene Tür, Simon. In der Lesezeit sperrt doch kaum einer tagsüber zu. Was mich angeht, habe ich erst gestern Abend nach der Verkostung die Tür geschlossen. Da muss er also schon drin gewesen sein und mausetot. Was schaust du denn so komisch Simon? Geht's dir nicht gut?"

Polt schluckte. „Da fragst du noch? Denk doch einmal nach!"

„Ach so! Du hast ja von der Maische gekostet. Na, dann Prost Mahlzeit!"

„Danke."

„Jedenfalls bin ich froh, dass die Leiche weg ist, Simon. Was geschieht jetzt weiter?"

„Wahrscheinlich wird der Untersuchungsrichter die Obduktion anordnen. Meine Kollegen werden dir und den anderen Löcher in den Bauch fragen. Der Verdacht, dass du den lieben langen Tag nichts anderes im Sinn hast, als unschuldige Japaner zu ertränken, ist immerhin auszuschließen. So weit, so gut. Allerdings ..."

„Was soll denn noch passieren?"

„Ich will den Teufel nicht an die Wand malen, Ernstl. Aber wenn zum Beispiel jemand auf die Idee kommt, dass es grob fahrlässig war, ein Presshaus mit gärender Maische darin offen zu lassen ..."

„... geht es mir an den Kragen, nicht wahr?"

„Hoffentlich nicht. Jedenfalls kann es nicht schaden, rasch herauszufinden, was gestern Abend wirklich geschehen ist."

„Ist aber nicht dein Fall, Simon."

„Dienstlich nicht. Außerdem wär ich befangen, als dein Freund und Untermieter. Aber irgendwie betrifft mich die Sache auch persönlich. Immerhin war ich dabei gestern Abend." Polt stand auf. „Wirst du weitermachen mit der Lese?"

„Ja, schon. Was bleibt mir denn anderes übrig?"

„Klar. Und ich sollte dir dabei helfen, hab ich dir ja versprochen. Aber ich will mir jetzt ja doch in Ruhe meine Gedanken machen. Gibst du mir frei heute?"

„Blöde Frage, Herr Gendarm."

Polt drohte grinsend mit dem Zeigefinger und ging.

Die Kellergasse von Burgheim war eine der längsten im Lande. Weit über hundert kleiner, weiß gekalkter

Presshäuser standen dicht aneinander gereiht. Darunter verbargen sich große Weinkeller. Dort, wo die Kellergasse endete und sich bis zur Grenze zu Tschechien hin unverbautes Hügelland dehnte, stand ein zwischen Büschen und Bäumen fast verborgenes Presshaus. Polt hatte es vor einigen Jahren gekauft, obwohl er kein Weinbauer war. Es machte ihm einfach Freude, so etwas sein Eigen zu nennen. Er sperrte auf, trat ein, wischte mit der Hand beiläufig den Staub von einer altmodischen Sitzbank und nahm Platz. Polt schloss die Augen und erinnerte sich. Bild für Bild und Wort für Wort versuchte er, den vergangenen Abend zu rekonstruieren.

Die Japaner ... schon vor Wochen war ihr Kommen vom Tourismusverband angekündigt worden: leidenschaftliche Weinkenner auf Erkundungsreise in Österreich. Zwar hatte keiner der Weinbauern so richtig Lust darauf, sich in der arbeitsreichen Lesezeit mit Gästen abzugeben, andererseits wäre es aber dumm gewesen, diese Gelegenheit für neue Kontakte zu versäumen. Als Obmann des Weinbauvereins hatte Ernst Höllenbauer die Organisation eines informativen und genussreichen Abends in der Kellergasse übernommen, sein Freund Simon Polt sollte ihn dabei unterstützen. Der Weinbauer braucht nur einer oftmals bewährten Dramaturgie zu folgen: Sein eigener Keller als eindrucksvoller Anfang, Sepp Räuschls Weine als pointiertes Zwischenspiel, Karl Fürnkranz als profunder Fachmann und leidenschaftlicher Genießer, endlich Franz Jagenteufel, wortreich, ideenreich, ebenso unwiderstehlich wie seine Weine.

Es dämmerte schon, als der Höllenbauer mit Polt und den anderen die Gäste vor seinem Presshaus begrüßte. Er sprach vom Wesen der Kellergasse: ein Dorf neben dem Dorf, in dem nur der Wein wohnt, Verarbeitung und Lagerung zwischen den Weingärten. Das bedeutete kurze Wege und – jetzt brachte der Höllenbauer stolz sein Lieblingsfremdwort ins Spiel – Synergie-Effekte. Ein modernes Konzept eben, obwohl es an die dreihundert Jahre alt war.

Herr Miura, der Dolmetsch, waltete mit eindrucksvollem Eifer seines Amtes. Zwischendurch schaute er sich wie suchend in der Kellergasse um. Polt bemerkte es und fragte, ob er jemanden vermisse. Ja, doch, kam die Antwort, von einem breiten Lächeln begleitet, Herr Sato sei schon am frühen Nachmittag allein losgezogen. Das sei aber so seine Art. Reichlich seltsam für einen Japaner, die Gruppe zu meiden – man möge schon entschuldigen.

Dann das Presshaus des Höllenbauern. Die moderne Weinpresse, der Behälter mit der Maische des Blauen Portugiesers von Hutberg. „Schon im Untergehen, also am Ende der Gärung“, erläuterte der Weinbauer, „morgen wird gepresst.“ Polt schöpfte neugierig mit einem Glas ein wenig Flüssigkeit heraus und kostete. Die Süßigkeit der Weintraube war verschwunden, schon war Alkohol zu spüren, auch Hefe und die noch nicht abgebaute Säure. Polt schüttete den Rest zurück und folgte der Gruppe in den Keller.

Die Weine seines Freundes waren ihm natürlich vertraut: der pfeffrige Grüne Veltliner, der samtweiche Blaue Portugieser, der sich nach drei Jahren endlich rundende Cabernet Sauvignon, der alte Traminer mit seiner verführerischen Würze und der feinen Restsüße. Endlich bot der Höllenbauer auch noch frischen schäumenden Sturm an – anderswo Federweißer genannt – einen künftigen Weißburgunder. Die Runde kostete neugierig und trank dann mit sichtlichem Wohlgefallen. Nur Sepp Räuschl lehnte dankend ab. „Sonst gerne ...", hörte ihn Polt murmeln, „aber heut hab ich schon genug."

Franz Jagenteufel trank sein Glas leer und lachte. „Dass der Sepp auch einmal genug hat! Jetzt wird er wirklich alt, sag ich euch. Und ich muss schnell einmal weg – meine beste Rotweinmaische untertauchen. Sie ist in der Hauptgärung. Da darf man nichts versäumen. Bis später!"

Und dann, vielleicht sechzig Meter entfernt, Sepp Räuschls Keller. Der Weinbauer stand zwischen den Fässern und musterte die Gruppe schweigend. Sein altes, hageres Gesicht war ausdruckslos, aber die Augen glänzten. Er stieg auf einer Metallleiter zum Spundloch hinauf und setzte den Weinheber an. Als die Gläser gefüllt waren, hielt Räuschl seines ans Licht, führte es dann zur Nase und neigte fast unmerklich den Kopf. „Dann kosten wir einmal, nicht wahr?" Polt kannte sich in Räuschls Keller aus und wusste, was ihn erwartete: Jugendlich frische Traubenfrucht in Nase und Mund, die in einen betörend weichen Abgang mündete. Räuschl lächelte. „Na?“

Das bewundernde Raunen und Tuscheln der Gäste ging in ratloses Schweigen über. Durchaus vertraut mit österreichischen Rebsorten, wussten sie diesen Wein nicht recht einzuordnen. Dann ging der Höllenbauer auf Räuschl zu und stellte sich neben ihn. „Darf ich was sagen, Sepp?“ Ohne eine Antwort abzuwarten, fuhr er fort. „Mein Freund hier hält wenig von irgendwelchen Trends und Neuerungen im Weinausbau. Aber der alte Fuchs versteht sich wie kaum ein zweiter auf die Kunst des Verschneidens. Hier im Glas haben wir einen Veltliner-Weißburgunder.“

Jetzt grinste der Sepp triumphierend. „Ja, ja. Früher hat man einen gemischten Satz gehabt. Heute muss es reinsortig sein. Und dann pumpt man es zu einem Cuvée zusammen. Sie verstehen’s halt nicht besser, die jungen.“ Er ging auf ein anderes Fass zu.

„Meine Herren“, Ernst Höllenbauers Stimme klang feierlich. „uns erwartet ein kleines Kunstwerk!“ Bedächtig und respektvoll vollzogen die Männer das schlichte Ritual kenntnisreichen Genießens: Schauen, riechen, schmecken. Die Gesichter der Gäste leuchteten auf, alle Augen waren respektvoll auf den kleinen, dürren Mann gerichtet, der diesen Wein geschaffen hatte. Dann unterbrach ein Geräusch die feierliche Stille. Franz Jagenteufel wurde in der Kellertür sichtbar und gesellte sich wortlos zur Gruppe. Er nahm ein gefülltes Glas entgegen. „Der Riesling-Sämling, nicht wahr?“

Sepp Räuschl nickte. „Sei so gut und sag was dazu, Franz. Du bist ein guter Weinbauer. Aber reden kannst du noch viel besser."

Jagenteufel hob sein Glas zur Nase. „Meinetwegen. Ehre, wem Ehre gebührt! Steinobstaromen von der Marille bis zur Mirabelle. Ein wahres Feuerwerk." Er nippte. „Und jetzt kommt der Sämling in den Vordergrund. Ein Säurespiel der Sonderklasse!" Er schüttete den Rest Wein in einen bereitstehenden Krug. Die Japaner taten es ihm nach, wohl auch, um nichts falsch zu machen. „So, Sepp. Dein Glanzstück hast du hergezeigt und auf den Rest ist keiner neugierig."

Räuschl wirkte einen Augenblick irritiert, sagte aber nichts und ging voran ins Presshaus.

Vor der Tür wartete schon ein Kleinbus, der die Männer zum abseits gelegenen Keller von Karl Fürnkranz bringen sollte. Ernst Höllenbauers Frau saß am Steuer.

Sepp Räuschls unterirdisches Reich war ein urtümliches Reich im Bauch der Erde gewesen, dürftig erleuchtete krumme Gänge unter Gewölben aus gepresstem Flugsand, dem Löss. Der Fürnkranz-Keller war viel größer und mit Ziegeln gewölbt. Die Gänge und Kammern, die sich in ein Rechteck fügten, machten einen geordneten und repräsentativen Eindruck. Oben im Presshaus stand eine der selten gewordenen hölzernen Baumpressen.

Karl Fürnkranz ließ seinen Gästen Zeit, mit dem Keller vertraut zu werden. Dann hob er die rechte Hand zu einer umfassenden Gebärde. „Sie werden hier unten keinen Stahlbehälter finden. Holz und Wein führen einen lebendigen Dialog. Das rechtfertigt den Mehraufwand in der Pflege. Die größten Fässer sind aus Akazienholz gezimmert und fassen zweitausend Liter. Und was die Verkostung heute Abend angeht – Sie besuchen ja mehrere Keller. Da will ich Sie und mich also nicht mit Alltäglichkeiten aufhalten. Ich möchte mit wenigen Beispielen etwas von meiner Art, mit dem Wein umzugehen, deutlich machen." Er schaute grinsend zu Franz Jagenteufel hinüber. „Damit hat auch mein lieber Freund und Kritiker genug Gelegenheit zu boshaften Anmerkungen. So. Genug geredet. Nehmen Sie bitte hier Platz." Er zeigte auf einen massiven Holztisch mit einfachen Bänken.

Dann entfernte er sich und kam mit dem gefüllten Weinheber wieder. „Ein Sauvignon Blanc. Riecht und schmeckt, wie er soll, aber er hat auch eine besonders weiche, cremige Note." Er wandte sich an Jagenteufel. „Du hast ja deine Zweifel daran gehabt, ob es wirklich gut war, ihn Monate lang auf der Hefe liegen zu lassen." Der Angesprochene zuckte schweigend mit den Schultern. Dann präsentierte Fürnkranz den ersten Rotwein. „Ein Zweigelt. Na, was sagt der selbst ernannte Rotweinpapst dazu?"

Jagenteufel kostete unwillig. „Das kannst du dir denken."

„Klar kann ich. Kantig und rau würdest du sagen, nicht wahr? Aber er hat die besten Anlagen für die Zukunft. Reden wir in zwei, drei Jahren weiter."

Und jetzt macht er sich mit seinem Merlot wichtig, argwöhnte Polt, und natürlich hatte er recht. Schon seit über einem Jahrzehnt versuchte sich Fürnkranz mit wechselndem Erfolg an dieser für Österreich relativ neuen Rebsorte. In diesem Jahr war ihm endlich der große Wurf gelungen: samtig weich, nach Waldbeeren duftend, harmonisch und intensiv im Abgang. Fürnkranz nahm gelassen einhelliges Lob entgegen. „Was ich heute Abend zeigen wollte: als Weinbauer braucht man Ideen, Geduld und man muss auch mit Misserfolgen leben lernen. Na ja. Der Franz muss das nicht, der ist nämlich der Größte. Hab ich recht?"

Jagenteufel stand auf. „Sehr witzig. Gehen wir?"

Der Kleinbus brachte die Männer in die Kellergasse zurück. Damit schloss sich für diesen Abend der Kreis. Franz Jagenteufels großes Presshaus stand direkt neben dem von Ernst Höllenbauer. Polt war schon lange nicht mehr hier gewesen und schaute sich neugierig um. Gediegen wirkende Fliesen auf dem Fußboden, Fliesen auch an den Wänden bis zur halben Höhe, darüber makelloses Weiß unter einer dunkel gebeizten Holzdecke. Der waagrecht liegende Zylinder einer pneumatischen Weinpresse, ein penibel blank geputzter Edelstahlbehälter, gefüllt mit Rotweinmaische. Polt ging darauf zu. „Welche Sorte? Darf ich kosten?" Jagenteufel schüttelte den Kopf. „Nein, mein Lieber. Top secret. Mein erster Syrah. Diese Rebe hat hier weit und breit keiner. Man darf auf Sensationelles hoffen. Könnte schon sein, dass dann der

Merlot meines lieben Freundes und Kollegen Fürnkranz bald einmal ziemlich alt ausschaut. Zu Martini ist Premiere. Gott und die Welt sind eingeladen und meinetwegen auch der Herr Gendarm. Aber jetzt darf ich die Herren in den Keller bitten. Vorsicht bitte, es ist ziemlich dunkel da unten."

Tatsächlich war der Keller auf eine recht merkwürdige Weise beleuchtet. Nur die Stufen und der offenbar mit Granit gepflasterte Boden waren deutlich zu sehen.

Jagenteufel hatte sich etwas von der Gruppe entfernt, die zögernd stehen geblieben war. Plötzlich flammte Licht auf, erhellte einen aus Steinen gemauerten Tisch, während die Fässer und Weinregale im Halbdunkel blieben. In den Tisch war von unten beleuchtetes mattiertes Glas eingefügt, darauf standen dünnwandige Gläser einer bekannten Marke. Jagenteufel lächelte zufrieden, als er die staunenden Gesichter seiner Gäste sah. „Dunkel ist das Geheimnis des Weines. Im Mittelpunkt strahlt der Genuss. Wir haben heute Abend kenntnisreiche und durchwegs eindrucksvolle Verkostungen erlebt. Sparen wir uns Wiederholungen." Er griff nach einer bereitgestellten Flasche. „Wieder einmal ein Grüner Veltliner. Frisch, jung, ein Musterknabe: der Duft nach sonnensatter Reife, herrlich frischer Traubengeschmack, voluminös im Mund, diskret am Gaumen, verspielt und verführerisch im Abgang. Aber was rede ich: Sie haben den Herbst und die Weinlese hierzulande ja erlebt, mit allen Sinnen. Nehmen Sie diese schönen, leichtsinnigen Erfahrungen und gewinnen Sie daraus die dichteste Essenz. Mit diesem Wein können Sie davon kosten, immer und immer wieder."

Herr Miura gab sich offensichtlich große Mühe mit dem Übersetzen. Jagenteufel schien die freudige Ergriffenheit ringsum nicht zu bemerken. Er griff zur nächsten Flasche. „Ein Pinot Blanc, auch Weißburgunder genannt, sympathisch und charmant. Das Aroma ist von betörender Eleganz, geschmeidig mit ausgeprägtem, doch nicht aufdringlichem Charakter, lebhaft mit angenehmer Säure. Doch wer das wahre Wesen dieses Weines verstehen will, schmeckt noch mehr. Der Veltliner vorhin hat ihnen die Zaubertür ins Weinland geöffnet. Der Pinot Blanc lockt Sie tiefer hinein, dorthin, wo aus dem Spiel Verlangen wird, das Sie lustvoll festhält. Ja, und dann ..." Jagenteufel griff zu einer sehr schlanken Flasche, die offensichtlich schon lange im Keller lag. „Ein Ruländer. Ich könnte auch Pinot Gris sagen oder Tokayer oder Grauer Burgunder. Was auch immer. 99er Spätlese jedenfalls. Extraktreich, bezauberndes Bouquet, stilvolle Süße. Jetzt sind Sie am Ziel Ihrer Reise. Die Sehnsucht wird zum Begehren, das Spiel zur Sünde. Versuchen Sie erst gar nicht, sich zu wehren, lassen Sie sich fallen."

Nach einer Weile unterbrach Jagenteufel das genussreiche Schweigen. „Wir wollen den Abend mit einem Rotwein beschließen. Ich darf Sie einen Augenblick um Geduld bitten. Die Flasche steht oben im Presshaus, der richtigen Trinktemperatur wegen."

Der Weinbauer kehrte bald zurück. „Mit Blauem Portugieser kann ich nicht dienen. Massenware, trotz aller Bemühungen. Ich habe damit Schluss gemacht. Aber dieser Cabernet Sauvignon ..." Er schenkte ein, hielt sein Glas gegen das Licht. „Drei Jahre sorgsam gelagert. Jetzt kommt der edle Charakter in seinen kostbarsten Facetten zum Tragen." Er kostete. „Temperamentvolle Frucht und vom Alter geadeltes Tannin im harmonischen Wechselspiel verbunden. Mit dem Weißwein vorhin hat sich ein Kreis gerundet. Nun stehen wir am Beginn einer neuen, nicht minder faszinierenden Reise." Die Männer tranken, Jagenteufel betrachtete sie schweigend. Dann schaute er zur Kellertür hin. „Es war mir eine Ehre und ein Vergnügen. Ich darf Sie in eine traumschöne Nacht entlassen."

Polt atmete tief, als die Gruppe wieder in der Kellergasse stand. Noch immer war die Luft warm und schwer von Gerüchen. Plötzlich fiel ihm etwas ein. Er wandte sich an den Dolmetsch. „Herr Sato fehlt noch immer!"

Herr Miura zuckte erschrocken zusammen. Dann lächelte er hilflos. „Das ist tatsächlich seltsam. Wir werden ihn suchen müssen."

Die Weinbauern und Polt halfen bei der Suche. Als sie ergebnislos blieb, bestand Polt darauf, seine Kollegen von der Gendarmerie zu verständigen. Gegen Mitternacht wurde der Einsatz abgebrochen.

Polt war fast eine Stunde lang in seinem Presshaus geblieben und hatte angestrengt über den vergangenen Abend nachgedacht. Dann strich er sich mit der Hand über die Augen und seufzte. So einigermaßen hatte er den Abend zurückholen können. Er stand schwerfällig auf und ging durch die sacht abfallende Kellergasse talwärts. Die Tür von Sepp Räuschls Presshaus stand offen. Polt trat ein und sah den alten Weinbauern an einem kleinen Tisch sitzen. Räuschl hob müde den Kopf und deutete mit der Hand auf einen Sessel neben sich. „Guten Morgen, Herr Polt. Gibt's was Neues?"

„Nein. Wenn ich davon abseh, dass du kein volles Glas vor dir stehen hast, Sepp. Das ist doch sonst nicht deine Art."

Räuschl grinste schief und hob die Schultern.

„Und gestern, in deinem Keller, Sepp ... war ziemlich schnell vorbei, die Verkostung, nicht wahr? Normalerweise lässt du keinen Gast so schnell wieder laufen, hab ich recht?"

Räuschl hatte den Kopf gesenkt, hob dann aber den Blick zu Polt. „In meinem Keller mach ich, was ich will."

„Eben nicht, Sepp. Der Jagenteufel hat die Verkostung sozusagen für beendet erklärt. Also, dass du dir das gefallen lässt?"

„Mir war halt danach."

„Hat aber nicht so ausgeschaut."

„So?" Sepp Räuschl zog es vor zu schweigen. Dann erhob er sich, nahm einen Weinheber von der Wand, spülte ihn mit Wasser aus und verschwand im Keller.

Bald kam er wieder, stellte zwei Gläser auf den Tisch und füllte sie mit trüber, schäumender Flüssigkeit. „Frischer, süßer Sturm vom Sämling."

Polt kostete. „Mein Lieber! Da kann keiner nein sagen!"

„Na eben ..."

„Ich versteh nicht."

Räuschl seufzte. „Gestern Nachmittag ist einer von den Japanern in die Kellergasse gekommen. Und jetzt ist er verschwunden."

„Dieser Herr Sato! Du hast ihn gesehen?"

„Nicht nur. Ich war im Presshaus, er hat neugierig hereingeschaut und ich hab ihn eingeladen. Ganz begeistert war er vom frischen Sturm."

„Und du hast unauffällig und hinterlistig dafür gesorgt, dass sein Glas immer voll war."

„So ungefähr."

„Wie lange?"

„Bis gegen Abend. Er hat dann mehr als genug gehabt und ich wollte noch baden, damit ich so halbwegs frisch bin bei der Verkostung."

„Du hast ihn einfach seinem Schicksal überlassen?"

„Er hat es so wollen, ist selig auf der Bank vor meinem Presshaus gesessen, um dort zu warten. Als wir dann gekommen sind, war er weg. Ich bin ganz schön erschrocken."

„Mehr weißt du nicht?"

„Nein. Ehrlich."

„Trotzdem hättest du schon gestern Abend was sagen können."

„Hab ich nicht können, vor allen Leuten."

„Bin ich froh, dass ich nicht im Dienst war. Bis später, Sepp."

Der Weinbauer trank mit einem Zug sein Glas leer.

Polt beeilte sich jetzt, ins Presshaus von Ernst Höllenbauer zu kommen. Er hörte seinen Freund im Keller hantieren. Wenig später stand er neben ihm. „Also, mein Guter: Der Räuschl hat Herrn Sato nachmittags ordentlich unter Alkohol gesetzt."

„Und dann ist der Japaner neugierig durch die Kellergasse gegeistert und ist irgendwann in meinen Maischebehälter gefallen."

„Denkbar, irgendwie. Bei dem Kohlendioxyd, das von der Maische aufsteigt, kann einem schon übel werden, schnell auch noch. Aber hast du nicht gesagt, dass es mit der Gärung bei dir schon ziemlich vorbei ist?"

„Ja, stimmt. Vielleicht ist er beim Fotografieren herumgeturnt und ausgerutscht."

„Gut möglich. Aber ich hab keine Spritzer rund um den Behälter gesehen. Hast du sauber gemacht?"

„Wo werd ich. Ich lass doch keine Spuren verschwinden."

„Könnte ja sein, dass du's noch vor der Entdeckung der Leiche getan hast."

„Könnte sein. War aber nicht so."

„Na gut. Davon ganz abgesehen: Nicht schlecht, das Kellertheater vom Jagenteufel, gestern Abend, nicht wahr?"

„Beachtlich. Dieser Mensch weiß, wie man künftige Kunden begeistert. Und er bleibt sogar halbwegs bei der Wahrheit. Andererseits ... na, ich sag nichts."

„Und warum nicht?"

„Eine Angelegenheit zwischen Weinbauern. Ich werde bei Gelegenheit mit dem Franz darüber reden."

„Wie du meinst. Noch was, Ernstl, so lange wir unter uns sind. Hast du gestern Nachmittag den Herrn Sato in der Kellergasse gesehen? Ehrlich jetzt!"

„Nein. Ganz bestimmt nicht. Dein Kollege wird mir wohl bald die gleiche Frage stellen, wie?"

„Anzunehmen. Ich geh dann."

Wieder in der Kellergasse, sah Polt den großen Geländewagen Franz Jagenteufels näher kommen. Der Weinbauer stieg aus. „Grüßgott, Herr Polt! Schon wieder in der Kellergasse? Neugierig, wie? So ungefähr weiß ich, was passiert ist. Bleibt ja nichts geheim im Dorf."

„Sie sagen es, Herr Jagenteufel. Wissen Sie, wie die Stimmung bei den Japanern ist?"

„Natürlich sind sie geschockt. Aber angeblich nehmen sie es recht gefasst hin. Herr Sato dürfte als Außenseiter nicht allzu beliebt in der Gruppe gewesen sein. Kommen Sie doch ins Presshaus, Herr Polt. So viel Zeit muss sein."

„Gerne."

Jagenteufel sperrte auf und ging auf den Bottich mit der Maische zu. „Da, sehen Sie, Herr Polt: Schon wieder höchste Zeit zum Untertauchen. Der Tresterhut schwimmt oben. Wollen Sie heute kosten? Offen gesagt: Gestern hat mich die Vorstellung beunruhigt, dass plötzlich auch noch alle Japaner in meinem Syrah herumpantschen. War mir nicht so recht."

„Das ehrt mich, lieber Herr Jagenteufel. Aber seit heute Morgen ist mir die Lust am Kosten so ziemlich vergangen."

„Kann man verstehen. Wie hat es denn der Höllenbauer aufgenommen? Eine saublöde Sache für ihn. Abgesehen davon ist es um den Blauen Portugieser wenigstens nicht allzu schade."

„Ansichtssache. Haben Sie den Herrn Sato eigentlich gestern Nachmittag gesehen?"

„Wenn das so wäre, hätte ich schon gestern davon berichtet."

„Logisch. Er war im Presshaus von Sepp Räuschl und hat dort viel zu viel vom süßen Sturm erwischt."

„Da schau her. Eine besoffene Geschichte also, mit anschließendem Unfalltod."

„Vielleicht ja. Ich frage mich nur, warum sich der Japaner nicht selbst retten konnte. Die Gärung von der Maische im Höllenbauer-Presshaus war ja schon abgeschlossen."

„Richtig. Da wäre meine Maische ungleich gefährlicher gewesen. Hab ich ja direkt Glück gehabt. Na ja, der Bedauernswerte wird eben sternhagelvoll gewesen sein. Sind ja schon Betrunkene in knietiefem Wasser ertrunken."

„Ich weiß. Aber etwas anderes. Was war denn gestern los mit Ihnen, Herr Jagenteufel?"

„Wie meinen Sie das?"

„Sie waren den ganzen Abend nicht recht bei der Sache, ungeduldig, irgendwie. Zuerst drängen Sie den Sepp Räuschl dazu, die Verkostung in seinem Keller zu beenden, und beim Fürnkranz waren Sie richtiggehend maulfaul. Wenn ich da an eure sonstigen Streitereien denke ...“

„Gut beobachtet, Herr Polt. Sie sind eben auch in der dienstfreien Zeit Gendarm. Die Erklärung ist denkbar einfach: Ich war hundemüde von der Lese. Die Japaner sollten einen schönen Abend haben, na klar. Aber ich wollte es zügig hinter mich bringen.“

„Verständlich. Wann kommt er in die Presse, Ihr Syrah?“

„In zwei, drei Tagen – Erfahrung und Intuition bestimmen den Zeitpunkt. Und jetzt will ich Ihnen etwas verraten, Herr Polt. In ein paar Jahren gibt es schon wieder eine kleine Sensation. Ich habe Viognet-Reben ausgesetzt. Eine alte Sorte mit weißer Frucht. In Österreich noch gar nicht zugelassen. Aber wer die Nase vorn haben will, kann sich nicht um alles kümmern.“

„Interessant. Übrigens möchte ich gerne mit Ihnen wetten, Herr Jagenteufel.“

„Als Spieler kenne ich Sie noch gar nicht, Herr Polt.“

„Jeder fängt einmal an. Die Leiche wird ja obduziert werden. Ich bin ziemlich sicher, dass sich in der Lunge des Herrn Sato Maische aus Ihrem Presshaus findet und nicht die vom Höllenbauern.“

Franz Jagenteufel starrte Polt einen Augenblick an, dann lachte er lauthals los, verstummte plötzlich, stand auf und drehte Polt den Rücken zu.

„Wette gewonnen, Herr Polt." Er drehte sich um und schaute dem Gendarmen forschend in die Augen. „Wie sind Sie darauf gekommen?"

„Die Verkostung in Ihrem Keller. Der Höllenbauer hat mich darauf gebracht ohne etwas Konkretes zu sagen. Warum haben Sie als sonst so perfekter Gastgeber nach dem Süßwein einen Rotwein präsentiert? Und warum haben Sie nicht einmal die Gläser ausgespült? Muss allerhand los gewesen sein in Ihrem Kopf."

„Natürlich. Es war verdammt viel los. Ich berichte der Reihe nach. Als ich die Kostrunde im Höllenbauer-Keller verlassen habe, ging es mir wirklich darum, die Maische unterzutauchen. Bei dieser Gelegenheit habe ich die Leiche entdeckt. In meinem unersetzlichen Syrah! Ich bin in kritischen Situationen schon immer recht kaltblütig gewesen. Also schnell einen alten Arbeitsmantel übergeworfen, die Leiche ins Höllenbauer-Presshaus geschafft, die Spuren beseitigt und rasch zurück zur Kostrunde. Dann war ich recht stolz auf mich: der Syrah gerettet und den Schwarzen Peter erfolgreich weitergegeben. Mit dem Höllenbauern hätte ich dann schon unter vier Augen geredet und ihn großzügig entschädigt. Nach und nach bin ich aber in Panik geraten. Wäre da nicht doch der Funken einer Möglichkeit gewesen, den Japaner ins Leben zurückzuholen? Wenn ja, dann hätte ich keine lässliche Sünde begangen, sondern ein Verbrechen."

Der Weinbauer schwieg, Polt schwieg und der Geruch der Maische hüllte die beiden Männer ein.

Dann gab sich Jagenteufel einen Ruck. „Was werden Sie tun, Herr Polt?“

„Ich? Wahrscheinlich nichts. Ist ja nicht mein Fall. Wenn niemand auf die Idee kommt, die Sorte der Maische in der Lunge des Japaners zu bestimmen, haben Sie Glück gehabt. Und mit dem Höllenbauern reden Sie am besten gleich jetzt, noch bevor ein Kollege mit ihm redet.“

„Sie sind ein Engel!“

Polt war plötzlich schlechter Laune, unzufrieden mit sich selbst und voller Zweifel. Mit einer heftigen Bewegung stand er auf und wandte sich zum Gehen. „Wissen S’ was, Herr Jagenteufel? Haben S’ mich gern.“

Kellerleichen

An trüben Wintertagen hängt der Himmel so tief über dem Wiesbachtal, dass die Flügelspitzen der Engel die Hörner der Teufel berühren. Die langgestreckten Straßendörfer mit ihren niedrigen Häusern wirken dann noch verlorener als sonst, und die kleinen weißgekalkten Gebäude der Kellergassen zeichnen mit schneegesprenkelten Ziegeldächern strenge Konturen ins Hügelland.

An einem solchen Tag, am siebenten Februar, um genau zu sein, öffnete Gendarmerieinspektor Simon Polt ein Fenster der Wachstube, spürte, wie sich feuchte Kälte mit stickiger Wärme vermischte, und fragte sich, ob der Hofstetter Erich seiner Frau oder seinen Schulden davongelaufen war.

Er und die Kathi hassten einander schon seit Jahren, doch war die Ehe durch komplizierte finanzielle Verstrickungen zum Bedauern beider schier untrennbar. So gab es also Streit, täglich und nahezu stündlich. Die zahlreichen Weibergeschichten hätte die Kathi ihrem missratenen Ehemann vielleicht noch verzeihen können, doch dass er mit riskanten Geschäften die solide Tischlerei ihres Vaters ruiniert hatte, warf sie ihm immer wieder vor, mit zunehmender Lautstärke und Schärfe des Tonfalls. Der Erich hingegen fand es empörend, dass sich die Kathi schon seit längerer Zeit weigerte, seine visionären Geschäftsideen mit dem Rest ihres ererbten Vermögens zu unterstützen. Für die Tischlerei hatte er Konkurs anmelden müssen und ein bedrohliches Gerichtsverfahren stand vor der Tür.

Nicht, dass sie ihn vermisse, hatte die Kathi gesagt, als sie in die Wachstube gekommen war, aber zwei Tage sei der Gauner nun schon weg, und er könne sie schließlich nicht allein sitzen lassen mit all dem Unglück, das er verschuldet hatte.

Polt schloss das Fenster und überlegte, wie und wo er anfangen sollte zu suchen. Vielleicht war in den Weinkellern etwas zu erfahren? Wenn nicht, hatte der Gendarm immerhin einen dienstlichen Anlass, das eine oder andere Glas zu leeren.

Dem Jahresende zu war es unter der Erde und zwischen den Fässern recht lebendig zugegangen, weil es galt, den jungen Wein fachmännisch zu verkosten. Doch auch jetzt war ein richtiger Weinbauer nie um

Gründe verlegen, die es zwingend erforderlich machten, im Keller Nachschau zu halten.

Tatsächlich sah Polt einige Autos vor geöffneten Presshaustüren stehen, auch den alten VW Käfer des Franz Widl. Von seinem kleinen Weinbaubetrieb konnte Widl nicht leben, also machte er sich auch noch als Lokalreporter des „Illustrierten Heimatblattes“ wichtig. Unermüdlich und erstaunlich wortreich beschrieb der Journalist Ausrückungen des Kameradschaftsbundes, Sparvereinsauszahlungen, geselliges Zusammensein aller Art und Ausstellungen des Kleintierzüchtervereins. Seine große Vorliebe galt allerdings kriminellen Handlungen, und sein großer Kummer bestand darin, dass sie in dieser ruhigen Gegend so selten waren. Jedenfalls, überlegte Polt, würde ihn die Sache mit Erich Hofstetters Verschwinden interessieren. Der Gendarm betrat das Presshaus, stieß mit dem Fuß die nass glänzende Kellertür auf und ging langsam nach unten. Er war zum ersten Mal hier, doch die Atmosphäre war ihm vertraut. Schon nach ein paar Stufen wurde es merklich wärmer. Polt sog die Luft ein, spürte Weindunst, nasses Holz, einen Hauch von Pilzgeruch und – ein wenig störend – Tabakrauch. Dann sah er, wie Franz Widl einen Zigarettenstummel in den feuchten Löss drückte. „Grüßgott, Herr Widl. Gibt's was zu trinken für einen Not leidenden Gendarmen?“

„Inspektor Polt! Was für eine unterirdische Ehre! Darf's ein Grüner Veltliner sein? Den im Fass da vorne wollt ich selbst schnell noch kosten vor dem

Gehen. Jahreshauptversammlung des FC Brunndorf, da tut sich was! Vielleicht gibt es sogar Mord und Totschlag, wenn der Herr Präsident abgelöst wird, wie man gerüchteweise hört." Noch redend war Widl zum Spundloch hinaufgeklettert, füllte den Weinheber und dann die Gläser. „Zum Wohl der Exekutive! Tut mir leid, dass die Zeit so knapp ist!"

Polt trank und hob anerkennend das Glas. „Alle Achtung! Wissen Sie übrigens, dass der Hofstetter Erich verschwunden ist?"

„Klar. Das Beste, was ihm passieren hat können. Sie werden doch nicht so grausam sein, ihn finden zu wollen?"

„Mein Beruf, Herr Widl."

„Ja, wenn Sie das so sehen!" Der Weinbauer stutzte, dann schaute er Polt erschrocken an. „Haben Sie nichts gehört, Herr Inspektor?"

„Nein."

„Da war was – das hat verdammt nach einem Schuss geklungen!"

„Ein Schuss? Hier unten?"

„Ich schwör's. Still jetzt."

Tatsächlich hörte nun auch Simon Polt einen leisen Knall, der wirklich von einer Waffe stammen konnte. „Wer in Dreiteufelsnamen ...?"

Franz Widl schaute sich um wie ein sicherndes Reh. „Ich kenn mich aus hier unten, neugierig wie ich bin. Der Richtung nach könnte es aus dem Keller vom alten Widhalm kommen."

„Aber der geht doch schon seit Jahren nicht mehr hinunter."

„Umso besser für irgendwelches Gesindel. Kommen Sie rasch, Inspektor. Die Kellertür ist neben dem Presshaus und unversperrt, soviel ich weiß. Gibt ja nichts mehr zu stehlen."

„Aber die Jahreshauptversammlung?"

„Die sollen ohne mich streiten. Die Schüsse interessieren mich mehr."

Die beiden Männer liefen nach oben. Polt, nicht eben durchtrainiert, war außer Atem. „Wo ist der Kellereingang?"

„Hinter meinem Presshaus, ein Stück unterhalb."

„Nichts wie hin, Herr Widl. Ich komme gleich nach, hol nur noch rasch die Taschenlampe aus dem Auto."

Zu Polts Erstaunen gab es sogar elektrisches Licht im Widhalm-Keller. Er sah Fässer, mit Schimmelpilz überzogen und wohl schon lange leer, andere waren geborsten, und die vom Rost zerstörten Fassreifen ragten bizarr in die Luft. Der Keller war erstaunlich groß. Nach gut fünf Minuten Suche blieb der Gendarm stehen. „Da ist niemand."

Widl machte ein verschwörerisches Gesicht. „Stimmt. Aber mir fällt trotzdem was auf. Hier, diese Ziegelwand!"

Polt trat näher. „Erstaunlich frisch, die Mauer, nicht wahr?"

„Allerdings. Und früher war da eine Kellerröhre, Herr Inspektor. Da bin ich ganz sicher."

„Also hat sich jemand ein Stück des Kellers vom alten Widhalm angeeignet. Aber wer?“

„Erst einmal nachdenken. Wir stehen jetzt unterhalb von meinem Keller. Auf dieser Ebene ist der nächste Nachbar also der Rohringer.“

„Peter Rohringer?“

„Ja.“

„Der alte Weinpanscher! Möchte nicht wissen, wie der reich geworden ist. Aber deshalb wird er ja nicht gleich schießen, Herr Widl.“

„Mit dem Kellerei-Inspektor hat es einen ganz schönen Krach gegeben, neulich. Gerade, dass sie nicht gerauft haben.“

„Also gehen wir. Vielleicht ist er im Keller.“

Tatsächlich war der Rohringer in seinem dunklen Reich anzutreffen. Er hob den Kopf ein wenig, als er Geräusche hörte, und schaute dann den zwei Männern mit unbewegter Miene entgegen. „Wollt's was trinken?“

Polt warf seinem Begleiter einen unsicheren Blick zu. „Nein, danke, Herr Rohringer. Wir haben's eilig. Da hat möglicherweise jemand geschossen – vor ein paar Minuten erst.“

„Geschossen? Aber die Jäger sind ja noch gar nicht unterwegs.“ Rohringer nahm ein gefülltes Glas, hielt es prüfend gegen das Licht und stellte es ab, ohne getrunken zu haben.

Polt räusperte sich verlegen. „Noch eine Frage, wenn ich schon einmal da bin. Wo grenzt eigentlich der Keller vom alten Herrn Widhalm an den ihren?“

„Hinter meinem Rücken steht die Trennwand. Und da ist sie schon immer gestanden." Rohringer wandte sich mit einem Ruck Franz Widl zu. „Nicht wahr, mein lieber Herr Zeitungsschmierer?"

Widl schwieg, Polt dachte nach und grinste dann. „Also jetzt einmal ganz theoretisch, Herr Rohringer. Wenn's hinter dieser Mauer in einigem Abstand noch eine gibt – wär das nicht ein ideales Versteck für ein paar volle Fässer, die keinen was angehen?"

Jetzt grinste auch Rohringer. „Theoretisch ja."

Polt war ernst geworden. „Die Fässer sind mir egal, nicht meine Sache. Aber Sie dürfen den Keller vom Herrn Widhalm nicht verkleinern – um keinen Zentimeter."

Peter Rohringer schaute zum Kellergewölbe hinauf. „Um Himmelswillen, wer tut denn so was! Sie können natürlich persönlich Nachschau halten, Herr Inspektor, und Sie werden dann schon sehen, dass alles in Ordnung ist!" Er legte den Kopf schief. „Aber erst in ungefähr zwei Wochen, geht das?"

Polt seufzte, zuckte mit den Schultern und wandte sich zum Gehen.

In diesem Augenblick war es wieder zu hören. Ein leises, scharfes „Plopp".

Wortlos nahm der Gendarm Franz Widl am Oberarm und schob ihn zur Kellerstiege. Als die beiden wieder im Freien standen, schaute Polts Begleiter sinnend zum Rand eines Hohlweges hinüber, der dicht von Robinien überwuchert war. „Jetzt fällt mir nur noch eine Möglichkeit ein, Herr Inspektor. Außerdem hat der Rohringer von Jägern geredet: Da drüben ist der Kellereingang vom Christian Wolfinger – ohne Presshaus, ziemlich versteckt im Gestrüpp."

Die Tür stand offen, aber im Keller war es dunkel. Polt fand keinen Lichtschalter und griff zur Taschenlampe. „Schauen wir eben da unten auch noch nach", brummte er verdrießlich. Der Lichtschein glitt über eine lange Reihe von Kellerstufen, die steil nach unten führten, dann über große, sorgsam gepflegte Fässer. Christian Wolfinger war nicht zu entdecken. Polt wollte schon umkehren, als in rascher Folge erschreckend laut drei Schüsse krachten, diesmal in unmittelbarer Nähe. Widl war schon auf ein großes Fass zugegangen. „Dahinter war's. Kommen Sie, Inspektor!"

Zwischen der Lösswand des Kellers und dem Fass war wenig Platz, und Polt, nicht eben mager, hatte einige Mühe, sich hindurchzuzwängen. Dann erst nahm er den schwachen Lichtschein wahr, der einen schmalen, niedrigen Gang erhellte. „Das auch noch!" Der Gendarm bückte sich. Nach einigen Metern gelangte er zu seiner Überraschung in ein großes, hell erleuchtetes Kellergewölbe. Christian Wolfinger, ganz in sein Tun versunken, stand breitbeinig da, legte sein Jagdwehr an und schoss. „Na bitte", murmelte er befriedigt, „glatter Kopfschuss." Dann hörte er doch etwas hinter seinem Rücken, drehte sich um, zuckte kurz zusammen und lächelte dann freundlich. „Wollt's was trinken?"

Polt gab vorerst keine Antwort und schaute sich um. Dann sagte er nicht ohne Befriedigung: „Da ist er also, der Herr Kollege!"

An der Stirnseite des Kellers stand einer jener Blechgendarmen, die, am Straßenrand aufgestellt, die Verkehrsteilnehmer wenigstens vorübergehend zu einer gemäßigten Fahrweise mahnen sollten.

Nachdenklich betrachtete Polt die unzähligen Schusslöcher. Wolfinger war neben ihn getreten. „War nicht persönlich gemeint, Simon. Aber ich erzähl besser der Reihe nach, wenn du schon hier unten bist. Durch Zufall habe ich voriges Jahr im Winter entdeckt, dass es neben meinem Keller kleinere Gänge im Löss gibt."

Widl mischte sich ein. „Erdställe sind das. Die finden sich im Weinviertel fast überall und keiner weiß wirklich, warum sie gegraben worden sind."

„Ist mir auch ziemlich egal." Wolfinger lachte leise. „Aus Langeweile hab ich irgendwann einen der Gänge erweitert und bin auf diesen Raum hier gestoßen. Wird wohl zu einem Presshaus gehört haben, das nicht mehr existiert. Ein idealer Schießkeller jedenfalls. Und das mit dem Blechgendarmen war eine besoffene Gschicht. Ich sag lieber nicht, wer noch dabei war. Aber sag selbst, Simon: wer hat schon einen Gendarmen zum Üben? Und dann war da noch etwas. Komm mit." Der Gendarm folgte dem Jäger zu einer kleinen Nische und erschrak. Neben einer mit Waffen gefüllten, halb verfaulten Kiste lag des Gerippe eines Soldaten. Teile des Gürtels, der Stiefel und ein paar Kleiderfetzen waren noch zu sehen. „Ein Russe, soviel ich erkennen kann", erklärte Wolfinger leichthin, „und allerhand hochinteressantes Schießzeug dabei."

„Ja, ja." Simon Polt rückte energisch die Uniformmütze zurecht. „Also, mein Guter! Was meinen blechernen Kollegen betrifft, hast du die Wahl: Entweder Anzeige oder eine diskrete Spende, mit der wir uns eine neue Figur kaufen können."

„Spende!" Wolfinger grinste schief.

„Und dieses Relikt da", Polt betrachtete das Gerippe schaudernd, „wirst du eben morgen entdecken und sofort deiner Pflicht nachkommen, den Fund zu melden. Wir haben dann die Arbeit damit. Und lass vorher nichts verschwinden." Er grinste. „Na ja, den Blechkollegen vielleicht schon."

„Verstanden. Trinken wir wenigstens jetzt was?"

„Meinetwegen."

Einige Zeit später traten Franz Widl und Simon Polt gemächlich ans Tageslicht.

„Nicht schlecht, das Theater da unten!" Polt zwängte sich durchs Gebüsch. Schnee stäubte auf und sank zu Boden.

Franz Widl blickte mit heiterer Miene zu Wolfingers Kellertür zurück. „So sind sie halt, die Jäger."

Der Gendarm war in der Kellergasse stehen geblieben, klopfte Schneereste von seiner Uniform und schaute nachdenklich ins diffuse Licht des Nachmittags. „Ich rede von Ihnen, Herr Widl."

„Und warum von mir?"

„Für meinen Geschmack waren es ein paar unterirdische Überraschungen zuviel, die da mehr oder weniger zufällig zusammengekommen sind."

„Die besten Geschichten schreibt doch immer noch das Leben."

„Stimmt. Und auch ein Journalist sollte da nicht hineinpfuschen. Ich wette, dass Sie die Mauer im Widhalm-Keller gekannt haben. Und der Wolfinger hat heute ja nicht zum ersten Mal geschossen. Nur diesmal sind die Schüsse gerade recht gekommen, um mich abzulenken.

„Aber wovon denn?"

„Vom Erich Hofstetter, der auch noch in Ihrem Keller war."

„Verdammt!"

„Ein Christenmensch flucht nicht, Herr Widl. Was war denn jetzt genau?"

„Der Hofstetter wollte weg. Eine neue Existenz aufbauen, irgendwo in Deutschland, glaub ich. Geld hat er keines gehabt, aber weg hat er müssen, weil sie ihn bei Gericht womöglich gleich behalten hätten. In Tschechien, in Znaim drüben, soll's irgendwelche dubiose Geschäftsleute geben, die ihm noch was schulden. Er selbst hat sich wegen der Passkontrolle nicht hinüber getraut. Also hat er mit mir geredet, dass ich ihm helfen soll. Bis das Geld da ist, wollt er in meinem Keller bleiben. Ich hab ja sogar ein Klo im Presshaus. Und zum Dank dafür hätt ich seine Fluchtgeschichte exklusiv bekommen, mit allen Details! Na ja, jetzt ist er eben ohne Geld davon. Und dafür, alles Verdächtige wegzuräumen, hat er auch noch Zeit gehabt. Wir stehen beide mit leeren Händen da, Herr Inspektor."

„Gehen wir zurück in Ihren Keller?"

„Wenn Sie meinen …"

Wenig später zeigte Polt auf die Presshaustür. „Von außen zugesperrt, mein Lieber. Hab ich erledigt, als ich wegen der Taschenlampe zurückgegangen bin. Der Schlüssel steckt noch immer. Von innen kann da keiner aufsperren."

„Zum Teufel mit Ihnen! Dann waren Sie also schon vorhin misstrauisch?"

„Allerdings. Ein ambitionierter Weinbauer wie Sie, der im Keller raucht!"

„Warum hat sich der Hofstetter auch nicht beherrschen können mit seiner Qualmerei. Na ja, fad war ihm halt. Aber ich hab rasch reagiert, nicht wahr?"

„Rasch und falsch."

„Gendarmen sind doch wirklich das Letzte."

Simon Polt schaute zum Himmel hinauf, der sich nicht entscheiden konnte, ob er weiß sein sollte oder grau. Dann schaute er Widl ins Gesicht. „Ganz meine Meinung."

Getrennt von Tisch und Bett

Irgendwann in den frühen 80er Jahren war Bruno Bartl ins Wiesbachtal gekommen, ein kleiner, magerer Mensch, der so leise und verhalten vor sich hin lebte, dass er eigentlich gar nicht vorhanden war. Sogar seinem innigen Hang zum Grünen Veltliner, fallweise auch zum Schnaps, gehorchte er scheu und unauffällig. Er trank eigentlich immer, wenn er nicht gerade schlief, doch er tat es ohne Hast und Gier. Nachmittags bewegte er sich etwas langsamer, und am Abend konnte es schon vorkommen, dass er ein wenig geschwätzig wurde. Meist führte er dann leise Selbstgespräche, weil er ja kaum jemanden kannte, der gewillt war, ihm zuzuhören. Bruno Bartl hatte ein kleines, baufälliges Haus erworben und bewahrte es seitdem beiläufig vor dem völligen Verfall. Er ging damals dem Beruf eines Weinsteinhändlers nach. Für die Weinbauern war dieses Material, das beim Reinigen der Fässer anfiel, wertlos. Bartl hatte aber in Wien einen Großhändler ausfindig gemacht, der bereit war, es anzukaufen. Damit war nicht viel zu verdienen, aber es reichte irgendwie.

Simon Polt, aus Neigung, aber auch von Berufs wegen an den Rändern und Grauzonen des dörflichen Lebens interessiert, war eines Tages mit Bruno Bartl ins Gespräch gekommen. Beide konnten einander bald recht gut leiden und standen von da an öfter plaudernd beieinander. Eines Tages dann hatte Bartl den Gendarmen zögerlich und verlegen auf ein Glas Wein ins Wirtshaus eingeladen. Das dürfe er sich wohl erlauben, weil er der Ältere sei, wenigstens vom Aussehen her.

Ein paar Wochen später fand Polt Bruno Bartl zu zweit vor. Der Weinsteinhändler warf der Frau an seiner Seite einen kurzen Blick zu. „Die Fanny“, sagte er. Bartl war klein, die Fanny war noch kleiner. Zwei ausdruckslose Knopfaugen blickten Polt an. Der runde Kopf saß ohne erkennbaren Hals auf einem runden Körper, aus dem unglaublich dünne Beine und Arme ragten.

„Der Bruno ist jetzt meiner“, sagte sie, „ob es ihm passt oder nicht.“

Es stellte sich bald heraus, dass es dem Bruno nicht passte. Er brachte zwar grundsätzlich Verständnis dafür auf, dass auch die Fanny trank, und nicht wenig, aber für sein geringes Einkommen war beider Durst zu groß. Also forderte Fanny von ihrem Gefährten, dass er Hilfsarbeiten annehmen solle, um mehr Geld zu verdienen. Auch das hätte Bruno Bartl noch hingenommen, wenn auch zunehmend mürrisch. Leider zeigte es sich, dass er recht geschickt war als Maurer und Zimmermann. Darum ließ ihn Fanny auch noch das gemeinsame Haus in Ordnung bringen. Bruno Bartl seufzte und wagte keinen Widerspruch. Als er eines Tages müde nach Hause kam, war die Tür versperrt, innen steckte der Schlüssel im Schloss, und in der traulich hellen Küche saßen Fanny und ein Mann so dicht nebeneinander, dass sie nur noch ein Körper waren. Bruno fauchte wie ein Kater und fühlte ungeahnte Kräfte in sich. Er schlug das Küchenfenster ein, tat einen Sprung und riss die verhasste Doppelgestalt mit Zähnen und Klauen auseinander.

„Die Fanny ist weg", sagte er ein paar Tage später zu Polt. „Und jetzt will ich keine mehr."

An dieser Stelle gilt es, eine weitere dörfliche Sondererscheinung zu erwähnen. Gregor Wondruschka war mit seiner Familie vor vielen Jahren von Wien ins Weinviertel gezogen. Weder er noch seine Frau noch seine Tochter zeigten das geringste Interesse, hier heimisch zu werden, geschweige denn, mit irgendeinem Menschen in Beziehung zu treten. Anfangs war Wondruschka noch öfter mit seinem großen, kantigen Volvo nach Wien gefahren. Man munkelte, er sei dort Direktor einer kleinen Metallwarenerzeugung und sehe von Zeit zu Zeit nach dem Rechten. Doch dann verschwand das Auto für immer im Hof des geräumigen Bauernhauses. Auch die Tochter verschwand nach einiger Zeit, weil sie nach Deutschland heiratete.

Als seine Frau gestorben war, ließ der inzwischen zum Greis gewordene Herr Wondruschka das Auto verschrotten, verkaufte das Haus und trug das Geld zur Raiffeisenbank, um dort sein Vermögen, das er mit großem Einfallsreichtum und Geschick angelegt hatte, noch üppiger gedeihen zu lassen. Er mietete sich für wenig Geld im Pfarrhof ein, geriet aber bald mit dem geistlichen Herrn in Streit, weil er gottlose Reden führte und die Pfarrersköchin in den Hintern zwickte. Er zog aus, suchte zielstrebig Bruno Bartl auf und teilte ihm mit, dass er fortan in dessen Haus zu wohnen gedenke, und er sei bereit, dafür pünktlich Miete zu bezahlen. Bartl blickte frohlockend einem sicheren Einkommen entgegen, wandte aber schüchtern ein, dass es nur eine Schlafstatt gäbe, ein immerhin geräumiges Ehebett. „Sie haben von mir nichts zu befürchten", sagte Gregor Wondruschka.

Der Weinsteinhändler und der alte Geizkragen hatten es anfangs ganz gut miteinander. Auch Wondruschka trank, besser gesagt: er soff, aber er tat es auf eigene Kosten. Er ließ Bruno Bartl reden, ohne ihm zuzuhören, und wenn sich Herr Wondruschka dazu herabließ, von seinen klugen Strategien und raffinierten Schachzügen in Geldgeschäften zu erzählen, staunte Bartl mit offenem Mund und verstand kein Wort. Es hätte noch lange so weitergehen können, hätte sich Gregor Wondruschka nicht allmählich gelangweilt. Um Abwechslung in die Sache zu bringen, fing er damit an, seinen Gastgeber zu beleidigen und zu provozieren. Außerdem beanspruchte er immer größere Bereiche der gemeinsamen Bettstatt. Bruno Bartl geriet in eine unbehagliche Randlage und landete schließlich auf dem Boden. Gregor Wondruschka meinte, das sei auch der richtige Platz für ein dreckiges, stinkendes Nichts, das allenfalls dazu fähig wäre, sein gutes Geld zu kassieren. Bruno Bartl nahm alles hin, weil er darin geübt war, vieles hinzunehmen.

Als ihn Simon Polt wieder einmal besuchte, trat auch Gregor Wondruschka vor das Haus. Er legte einen Arm um Bartls schmächtige Schultern. „Sieh an, mein kleiner Idiot und Ausbeuter, hoher Besuch! Bewaffnet bis an die Zähne, der Herr Gendarm, womöglich sogar des Lesens und Schreibens mächtig, vom korrekten Abzählen an den Fingern ganz zu schweigen."

Bartl machte einen schwachen Versuch sich aufzuplustern. „Der Herr Polt ist ein guter Bekannter von mir."

„So? Spricht nicht für ihn. Anderseits gehört es ja zu seinem seltsamen Beruf, sich um den Abschaum der Menschheit zu kümmern." Er wandte sich an den Gendarmen. „Wissen Sie überhaupt, mit welcher Spottgeburt Sie sich da abgeben? Weinsteinhändler sei er, meint dieser Dolm. Dann sage er mir doch einmal, was Weinstein ist. Na, los schon!"

„Das Zeug aus den Fässern ..."

„Kaliumhydrogenartrat! Basis für Weinsäure, Backpulver und Verdauungshilfen. Vordem auch gut für seltsame Arzneien wie das brenzliche Weinsteinöl."

Bartl schaute mit offenem Munde zu Wondruschka auf, dieser blickte verächtlich auf ihn hernieder. „Man spricht auch vom Stinkenden Weinsteinöl. Na ja. Wenigstens ihr Odeur passt zu ihrem Beruf."

Simon Polt trat einen Schritt näher. „Gefällt mir gar nicht, wie Sie mit dem Bruno umgehen, Herr Wondruschka."

„Nein? Nicht? Erfüllt aber auch keinen Strafbestand. Ich kann nicht einmal die kleinste Ordnungswidrigkeit erkennen. Sie erlauben, dass ich Sie ignoriere." Er wandte sich ab und trat ins Haus. Bruno Bartl folgte ihm wie ein geprügelter Hund. Polt blieb unschlüssig stehen. Er hätte gerne etwas für den Bruno getan, wollte sich aber auch nicht in sein Privatleben einmischen.

Als Bruno Bartl, der versucht hatte, sich im Wirtshaus seinen Kummer von der Seele zu reden, nach Hause kam, war die Tür versperrt, ein Schlüssel steckte von innen im Schloss und in der Küche saß sardonisch grinsend Gregor Wondruschka. Bartl sah sich wie schon einmal ausgesperrt, entrechtet, verhöhnt. Plötzlich nicht mehr Herr seiner selbst, zertrümmerte er das Fenster, drang in sein Haus ein, packte Gregor Wondruschka, kippte ihn aus dem Fenster und warf dessen wenige Habseligkeiten hinterdrein. Der nunmehr Unbehauste rappelte sich auf und stellte seine Sachen hinter das kleine Gebäude (alles, was von Wert war, trug er ohnehin ständig bei sich). Er suchte die Raiffeisenbank auf, betrat geraume Zeit später die Gaststube des Kirchenwirtes, gönnte sich ein opulentes Abendessen und wartete. Als seinen Überlegungen nach Bartls Zorn verraucht sein sollte, verließ er das Wirtshaus, zog bei seinem vertrauten Quartiergeber wieder ein und legte die generös um zwanzig Schilling erhöhte Mietzahlung auf den Tisch. Die beiden feierten die wiedererlangte Wohngemeinschaft mit einem ausufernden Gelage. Gregor Wondruschka blieb länger wach als Bruno Bartl. Er sprach noch einem alten Cognac zu, aß vom Dessert, das er sich im Kirchenwirt einpacken hatte lassen, warf Bartl aus dem Bett und begab sich zu Ruhe.

Am Morgen des folgenden Tages war Gregor Wondruschka tot.

Als Bruno Bartl aufwachte, gelang es ihm nur mit einiger Mühe, auf die Beine zu kommen. Er hustete erbärmlich und warf dann einen Blick auf seinen Mieter, der mit offenen Augen und offenem Mund auf dem Rücken lag. Bartl gab ihm einen Stoß, dann noch einen, erschrak, und machte sich eilig auf den Weg zur Gendarmerie. Er war erleichtert, als er dort Simon Polt antraf, der seinen Besucher nachdenklich ins Auge fasste. „Schwere Nacht gehabt, wie? Ist was passiert?"

„Der Wondruschka ist beim Teufel, glaub ich."

„Was sagst du da? Tot?"

„Könnt schon sein."

„Aber du hast nichts damit zu tun, oder?"
„Weiß nicht. Gar nichts mehr weiß ich."
„Schon gut, Bruno. Dein Haus ist offen?"
„Ich sperr nie zu. Andere sperren schon zu, andere schon."
„Bleib bitte sitzen, ja?" Polt ging eilig ins Büro seines Dienststellenleiters. Harald Mank legt eine angebissene Leberkässemmel bedauernd zur Seite. Polt berichtete. Seufzend griff sein Vorgesetzter zum Telefon.
„Moment noch, Harald. Ich hätt mich gerne mit dem Bruno Bartl allein beschäftigt, da redet er vielleicht eher. Die Tatortgruppe kommt ja auch ohne mich zurecht."
„Ja, gut so, Simon. Kümmere dich um den Bruno. Aber keine privaten Vorlieben bitte!"

Polt näherte sich Bruno Bartl, der zusammengesunken auf seinem Sessel saß, kein Bild des Jammers, aber eines der ratlosen Verlorenheit.
„Du, Bruno, meine Kollegen und ein Arzt schaun sich jetzt den Wondruschka an. Gehn wir ein wenig spazieren?"
„Ja, gehen wir, weit weg, wenn's geht."

Burgheim hatte Ende des 19. Jahrhunderts trotz sehr bescheidener Dimensionen und seiner kaum wahrnehmbaren Bedeutung das Stadtrecht erlangt. Damals war von Amts wegen auch die Errichtung eines großen Schulgebäudes und eines geradezu monströsen Rathauses beschlossen und durchgeführt worden. Doch schon hinter der einzigen so halbwegs repräsentativen Häuserzeile gab sich die kleine Stadt als Dorf zu erkennen und verlor sich wenig weiter zwischen Äckern und Weingärten.

Schweigend gingen Polt und Bartl über eine schmale Brücke, die das ärmliche Gerinne des Wiesbaches überspannte. Der Gendarm gab seinem Begleiter einen leichten Rippenstoß. „Denk gut nach, Bruno. Je mehr du mir erzählst, desto besser kann ich helfen."

Bartl war stehengeblieben und schaute Polt erstaunt ins Gesicht. „Helfen? Warum?"

„Damit du, Gott bewahre, nicht ins Gefängnis musst."

„Ist es dort so schlecht?"

„Du bist mir einer! Eingesperrt sein ist nichts Schönes."

„Ausgesperrt sein auch nicht."

„Was meinst du damit?"

„Die Fanny. Mit einem Mann ist sie in der Küche gesessen. Und ich hab nicht hinein können."

„In dein eigenes Haus? Gemeinheit."

„Ja. Durchs Fenster bin ich. Und dann hab ich gerissen, gebissen, gespuckt und getreten, wie ein Wilder. Bis sie davon sind, alle zwei."

„Du? Kann ich fast nicht glauben, Bruno."

„War ja gestern auch so."

„Was war gestern?"

„Der Wondruschka. Ich draußen, er drinnen. Und der Schlüssel im Schloss."

„Und du bist wieder wild geworden."

Bartl senkte den Kopf. „Ja, hinausgeschmissen hab ich ihn."

„Hast ihm weh getan dabei?"

„Glaub ich nicht. Weil er gleich aufgestanden und gegangen ist."

„Und später?"

„Ist er wieder gekommen."

„Wann?"

„Es war schon finster. Und mir hat's leidgetan, das alles."

„Und dann habt ihr getrunken miteinander."

„Nebeneinander."

„Wie versteh ich das?"

„Ich meinen Wein, er seine teuren Sachen."

„Viel getrunken?"

„Glaub schon. Ich war der erste im Bett und dann auf dem Fußboden."

„Fußboden?"

„Der Wondruschka will jetzt das ganze Bett. Mehr Miete zahlt er ja auch."

„Sehr schön, wirklich. Und dann?"

„Weiß nicht."

„Streit hat es keinen gegeben?"

„Er zahlt ja jetzt mehr Miete."

„Du, Bruno, noch was: Du wirst in dein Haus zurück wollen. Gut möglich, dass du nicht hinein kannst, weil meine Kollegen noch was untersuchen müssen. Vielleicht ist die Tür versiegelt. Ich setz alles dran, dass du spätestens am Abend einziehen kannst. Dreh also jetzt bitte nicht durch und bleib draußen. Versprochen?"

Bruno nickte.

„Hast Geld fürs Wirtshaus?"

„Er zahlt ja jetzt mehr Miete."

Polt kehrte in die Dienststelle zurück und fragte Harald Mank, was sich denn so ergeben habe.

Gregor Wondruschka sei wirklich tot, berichtete sein Vorgesetzter, vermutlich erstickt, irgendwann in der zweiten Nachthälfte. Nichts habe auf Streit oder Handgreiflichkeiten hingewiesen. Dennoch sei eine Obduktion angeordnet worden. Die Leiche läge jetzt in der Aufbahrungshalle. Ja, und Bartl könnte spätestens am Nachmittag in sein Haus zurück. Aber daraus wird nichts werden.

An dieser Stelle schaute Polt erschrocken auf. „Und warum nicht?"

Harald Mank betrachtete seine Leberkässemmel nachdenklich, dann mit einem Anflug von Widerwillen. Er legte sie auf den Schreibtisch zurück. „Es gibt ein eigenartiges Detail, Simon. Ich muss Bruno Bartl festnehmen lassen, wenigstens vorübergehend. Vermutlich wird er bald hier eintreffen."

„Ja, und warum?"

„Die Leiche hatte fein zerriebenen Weinstein im Mund, ein paar Esslöffel davon."

Gegen Abend besuchte Simon Polt den Häftling. Es gab in der Dienststelle Burgheim nur eine Zelle. Dort wurden normalerweise schwer Betrunkene untergebracht, oder rabiate Raufbolde. Vorübergehend saß jetzt Bruno Bartl hier ein, bis das Bezirksgericht über sein weiteres Schicksal entschied. Mit dem Einverständnis seines Vorgesetzten hatte Polt ein anständiges Abendessen eingekauft und einen Doppelliter Wein.

„Bruno, du armer! Wie geht's dir?"

„Gut geht's mir. Alle sind freundlich und ich hab ein Bett für mich allein. Sie dürfen natürlich auch, Herr Inspektor."

„Danke." Polt nahm auf der Bettkante Platz. „Ich hab dir was mitgebracht für den Abend. Aber sei vorsichtig mit dem Wein, wer weiß, was passiert, wenn du einen Rausch hast."

„Kein Mensch weiß das. Warum bin ich da, Herr Polt?"

„Das darf ich dir nicht sagen. Aber vielleicht kommst du selber drauf. Denk ganz scharf nach, Bruno, es geht um Kopf und Kragen. Der Wondruschka hat dich aus dem Bett geworfen, weil er sich hineinlegen wollte."

„So war er halt. Jetzt ist er nicht mehr so, weil er hin ist."

„Hast du schon geschlafen?"

„Ja. Ganz kurz hat er mich aufgeweckt. Erst hab ich ihn für die Fanny gehalten und wollt ihn streicheln. Aber dann, auf dem harten Fußboden hab ich's begriffen ... Bin aber gleich wieder eingeschlafen."

„Und später, war da noch was? Hast geträumt?"

„Ja, vom Wondruschka. Helfen wollt ich ihm, weil er so komisch dreingeschaut hat, so wie heute in der Früh. Hab ich ihm Weinstein gegeben, damit ihm besser wird. Ist gut für den Magen, nicht wahr? Hat er ja selber gesagt."

„Und das war wirklich ein Traum?"

„Irgendwas war jedenfalls."

„Ja, leider. Ich lass dich jetzt allein, Bruno. Morgen wissen wir mehr." Polt wandte sich zum Gehen.

„Herr Gendarm ..."

„Ja, Bruno?"

„Schlafen S' gut!"

Am nächsten Tag gegen Mittag wurde Polt ins Zimmer von Harald Mank gerufen. „Also, Simon, es liegen erste Befunde vor. Sachen gibt's ... ein anaphylaktischer Schock ... na ja, daran dürfte er jedenfalls gestorben sein, der Herr Wondruschka, Herzstillstand, Ersticken. Er war bei unserem Dr. Eichhorn in Behandlung, wegen einer Lebensmittelallergie, Nüsse und so. Medikamente, die dazu passen, hat man bei seinen Sachen gefunden. Und im Mageninhalt waren Nüsse. Dazu noch die Sauferei ... Als der Weinstein in seinen Mund gekommen ist, war der Wondruschka schon tot. Wir dürfen den Bartl einstweilen ziehen lassen. Wird aber gut sein, ihn im Auge zu behalten. Warum in aller Welt hat er das getan, mit dem Weinstein?"

„Weil er dem Wondruschka helfen wollte, hat er gesagt."

„Verrückt, aber es passt zu diesem Unglücksraben. Und warum, Simon, isst der Wondruschka Nüsse, wenn er weiß, dass sie so gefährlich für ihn sind?"

„Aus Versehen vielleicht? Die sind ja oft gut versteckt.“

„Sollst recht haben. Aber, Simon: Du bist Gendarm, nicht der Anwalt vom Bartl, alles klar?“

„Freilich. Darf ich dranbleiben?“

„Meinetwegen.“

Schon wieder saß Simon Polt auf einer Bettkante. Nur war sie diesmal bequemer und befand sich in Bruno Bartls Haus. Polt schaute sich um. Bartls Schlafzimmer stellte eine merkwürdige Mischung aus Elendsquartier und Schatzkammer dar. Der Bruno fand offenbar an allem Gefallen, was glänzte oder glitzerte. Polt sah mit Stanniol umwickelte Flaschen, einen Puppenkopf mit leeren Augenlöchern, über und über mit goldfarbenem Engelshaar beklebt, zerbrochene Christbaumkugeln, Blechdosen aller Art und, alles andere überstrahlend, ein gedrucktes Bildnis der Jungfrau Maria im leuchtend eloxierten Rahmen, reich mit Flitter verziert. Polt war beeindruckt. „An dir ist eine Elster verloren gegangen, Bruno.“

„Bartl schaute ihn mit kindlicher Freude in den Augen an. „Wie im Himmel, Simon. Nur dort ist es noch schöner!“

„Wird schon so sein. Froh, dass du wieder zu Hause bist, Bruno?“

„Weiß nicht.“

„Versteh schon. Wer hat schon gern eine Leiche im Bett. Du sag einmal, hat der Wondruschka gestern Abend was gegessen?“

Bartl blickte suchend umher. „Die Nusskipferl vom Kirchenwirt sind weg. Da, in dem Papierl waren sie eingewickelt!“

„Aber du hast nicht gewusst, dass er so was nicht essen darf?“

Bartl dachte nach. „Hab ich schon gewusst, Herr Polt, nur dann wieder vergessen. Aber jetzt, wo Sie fragen ...“

„Du stehst mit einem Fuß in der Hölle, Bruno.“

„Manchmal mit dem zweiten auch.“

„Du, Bruno, ich sag jetzt einmal nichts weiter, sonst sitzt du womöglich schon wieder.“

„Macht ja nichts.“

„Nein? Und wenn jemand auf die Idee kommt, dass du den Wondruschka umgebracht hast, oder seinen Tod in Kauf genommen ..., macht das auch nichts?“

„Weiß nicht, Herr Polt. Können Sie mir bitte helfen?“

„Das wird von Tag zu Tag schwieriger, mein Guter!“

„Versteh ich nicht ganz. Aber morgen holt ein Wiener fünfzig Kilo Weinstein bei mir ab. Das Zeug muss in Kartons verpackt werden.“

„Ach so meinst du das! Ja dann, an die Arbeit.“

Das Weinsteinlager befand sich in einem Schuppen hinter dem Haus. Bartl gab erstaunlich klare Anweisungen und drückte Polt eine Schaufel in die Hand. Die beiden Männer machten sich an die Arbeit und Polt war froh darüber, endlich etwas tun zu können, das ihm kein Kopfzerbrechen bereitete. Plötzlich hörte er aber mit dem Schaufeln auf, weil er Widerstand spürte, griff in den Weinstein und holte eine altmodische Ledertasche hervor. „Da schau, Bruno! Gehört das dir?"

„Nein. Ganz bestimmt nicht."

Polt öffnete die Tasche, sah Geldbündel und Papiere aller Art. Er schaute Bartl lange schweigend an. „Bruno", sagte er dann leise, „entweder bist du der, den ich glaub zu kennen, dann kannst du nichts mit der Tasche anfangen. Oder du kennst sie sehr wohl und hast schon wieder vergessen, dass du sie hier versteckt hast. Dann wärst du der dümmste Gauner, der mir je untergekommen ist. Die Tasche nehm ich mit, und morgen bist du vormittag um zehn auf der Dienststelle, pünktlich und verlässlich."

„Ich kann auch gleich mitkommen."

„Morgen um zehn, hab ich gesagt."

„Ist ja gut."

Alle, die mit dem Fall Wondruschka zu tun hatten, waren in Harald Manks Büro versammelt. Auf dem großen Besprechungstisch lag die Aktentasche, daneben der Inhalt, gesichtet und sortiert. Mank räusperte sich bedeutsam. „Gregor Wondruschkas Vermögen! Von so viel Geld kann unsereiner nur träumen. Da liegt übrigens ein Kuvert, das wir noch nicht gesichtet haben." Er öffnete es und entfaltete ein Blatt Papier. „Ich lese vor, meine Herren:

Sollten Sie diesen Brief allein lesen, mein wenig geschätzter Herr Bartl, haben Sie das Spiel schon fast gewonnen, und ich habe Sie sträflich unterschätzt. Aber so wird es nicht sein, mein kleiner Idiot. Sie hatten Ihre Chance. Sie waren aber zu blöd und zu aufrichtig – zwei Eigenschaften, die übrigens häufig zusammen auftreten.

Wenn jedoch, wie ich es vermute, ein Gendarm zur Lektüre schreitet, möge er versuchen, mir auch mit schwachen Geisteskräften zu folgen.

Ich gehe auf die achtzig zu, alles fängt an, mir beschwerlich zu werden, zu meiner lästigen und bedrohlichen Allergie werden sich weitere üble Leiden gesellen, und vor allem dauert es mir viel zu lange, mich zu Tode zu langweilen. Ich habe also beschlossen, eine Abkürzung zu nehmen und bei dieser Gelegenheit ein Spiel zu spielen: mit mir als gütigem Gott oder generösem Teufel, da ist ja kaum ein Unterschied.

Hätte er nicht die Intelligenz einer Napfschnecke, wäre vielleicht Herr Bartl der Gewinner gewesen.

Also: Ich quäle ihn schon seit Wochen mit Spott und Häme, treibe ihn dazu, mich tätlich anzugreifen, verstecke mein Geld in seinem Bernsteinhaufen, bringe ein Nahrungsmittel ins Haus, von dem ich ihm dereinst erzählte, dass es mich umbringt, wohl wissend, dass er nie wieder daran denken würde. Ich sterbe mit Nüssen und einem sehr sehr guten Cognac im Magen, ein medizinisch wie auch literarisch fundiertes Verfahren. Und was tut Bruno Bartl vermutlich, dieser gebenedeite Schwachkopf? Sagt einfach die Wahrheit! So reiht sich ein Indiz an das andere. Statt irgendwann mein Geld zu finden und schön schweigsam reich zu sein, steht er, der reine Tor, unter Mordverdacht.

Ich jedoch, Gregor Wondruschka, will es ihm nicht so leicht machen. Noch viele Jahre, Jahrzehnte wunschlosen Schwachsinns seien ihm beschieden. Ich sehe ihn, nicht ohne vergnügte Anteilnahme, wie er possierlich leidend langsam, langsam vor die Hunde geht. Aber Bruno Bartl hat ja den ihm geistig ebenbürtigen Herrn Polt zum Freund. Das kann schon noch recht lustig werden.

Gehabt euch wohl, ihr Schafsköpfe. Das war's.

Gezeichnet: Gregor Wondruschka

Harald Mank faltete das Blatt zusammen. „Ich hab Gänsehaut bekommen, bei all der Bosheit. Und der arme Bartl! Aber jetzt muss ich doch nachfragen, ob ihm vielleicht Finderlohn zusteht – dass du darauf verzichten würdest, unterstelle ich jetzt einmal, Simon. Wär doch auch was, wie?"

„Ja schon." Polt stand auf. „Ich geh zu ihm."

Ein paar Tage später traf Polt Bruno Bartl im Kirchenwirt an. Rings um ihn herrschte animierte Heiterkeit. Bartl hatte nämlich nicht nur ein wahres Festmahl verzehrt, sondern auch alle Gäste zum Mittrinken eingeladen.

„Was ist los, Bruno?"

„Haus verkauft."

„Warum?"

„Weil jetzt die Gespenster von der Fanny und dem Wondruschka drin wohnen. Und die sperren mich ja sowieso wieder aus."

Es war schon dunkel, als Polt und Bartl leise schwankend vor die Wirtshaustür traten. Polt legte einen Arm um den schmächtigen Mann.

„Wohin jetzt, Bruno?“

Bartl grinste schütter. „Weiß ich nicht. Hab ich noch nie gewusst.“

Ein Glück kommt selten allein

Simon Polt spürte eine Hand auf der rechten Schulter, die ihn energisch daran hinderte weiterzugehen. Er drehte sich um und schaute in das Gesicht eines Polizisten. „Inspektor Priml! So ein Zufall. Was ist?"

„Sie waren auf dem besten Wege ins Jenseits, lieber Herr Polt. Oder, prosaischer gesagt, ich habe Sie daran gehindert, unter die Räder zu kommen."

„Wie? Was?"

Priml runzelte die Stirn. „Sie wirken verwirrt mein Guter! Und dann dieser Gesichtsausdruck ... Ein Glas zu viel?"

„Nein. Ich bin nüchtern Herr Priml. Aber auch besoffen vor Glück."

„Glück? Kann mich kaum noch erinnern daran. Darf ich fragen, was Sie hierher nach Breitenfeld zieht? Ist doch nahezu Ausland für Sie."

„Jetzt nicht mehr. Das Bezirkskrankenhaus ..."

„Aber gerade davor habe ich Sie doch eben erst gerettet."

„Die Karin, die Karin Walter ..."

„Ah jetzt verstehe ich. Sie liegt im Krankenhaus. Und was macht Sie daran glücklich, Sie herzloser Mensch?"

„Schwanger ist sie, vierter Monat. Und ... nein, nicht hier. Wir gehen ins Kaffeehaus dort drüben!"

„Ich bin im Dienst, Herr Polt."

„Mir egal, kommen Sie schon!"

Polt hatte Priml in eine heimelige Nische gezogen. Was darf ich bestellen? Champagner, alten Cognac?"

„Das fragen Sie einen ehemaligen Alkoholiker?"

„Was bin ich blöd! Entschuldigen Sie schon. Aber womit stoßen wir jetzt an?"

„Gute Frage. Mit Mineralwasser, würd ich meinen. Das perlt und prickelt wenigstens. Die noch bessere Frage: Worauf stoßen wir an?"

Polt kramte aufgeregt in seinen Taschen, fand ein Foto und überreichte es Priml mit zitternder Hand. „Da, schauen Sie!"

Wieder runzelte der Polizist die Stirn. „Zwei Außerirdische in ihrer Raumkapsel?"

„Unsinn! Zwillinge! Bub und Mäderl, Herr Priml, meine Kinder! Nur fünf Monate noch. Um den

5. Oktober soll es so weit sein. Gott, was bin ich aufgeregt!“

Bastian Priml betrachtete das Foto mit zunehmendem Interesse. „Erstaunlich, in der Tat! Die zwei sitzen da wie wir beide im Kaffeehaus. Wie entsteht so ein Bild?“

„Damit kenn ich mich aus neuerdings. Die Karin war grad beim Ultraschall. Ein paar Untersuchungen hat sie noch. In zwei Stunden hol ich sie ab. Sind sie nicht lieb, die zwei?“

„Ja, schon, irgendwie. Was sagt denn Ihre Karin zu dem Kindersegen?“

„Natürlich freut sie sich. Müd ist sie halt und Herzklopfen hat sie. Das kommt davon, hat mir der Arzt erklärt, dass sie die zwei Kleinen da drin jetzt mit so viel Blut versorgen muss. Ich würd ihr ja so gern helfen dabei. Aber wie?“ Polt schaute Priml nachdenklich an. „Ich überfall Sie da mit meiner Freude und Sie sind doch Junggeselle. Aber es hat einfach heraus müssen.“

„Schon gut Herr Polt. Ich hab ja meinen Beruf. Die Freude daran macht sich allerdings ziemlich rar in letzter Zeit. Die Gauner haben auch auf dem Land ihre sündhafte Unschuld verloren. Gut organisiert sind sie, und sie gehen schnell, kalt und brutal ans Werk. Na ja, nicht immer. Darf ich erzählen?“

„Ja bitte!“

„Zwei junge Tschechen sind über die Grenze gekommen. Sie hatten vor, spät nachts eine Tankstelle zu überfallen. Ihre erste Straftat, dementsprechend nervös waren sie. Zum Bedrohen und Fesseln des Tankwarts hat's noch gereicht, nur darauf, das Geld mitzunehmen, haben sie in der Eile vergessen. In ihren Köpfen war nur noch für einen Gedanken Platz: So rasch wie möglich über die Grenze! Allerdings haben sie sich heillos verfahren und in ihrer Verzweiflung in einer Tankstelle nach dem Weg gefragt. Das war aber just jene, die sie vorher überfallen haben, und dort hatten wir das Vergnügen, sie vor weiteren Irrfahrten zu bewahren. Dem Tankwart war es in der Zwischenzeit gelungen, uns anzurufen. Übrigens: Immer noch kein Handy, Herr Polt?"

„Doch, wegen der Karin, damit sie mich rasch erreicht, wenn was ist. Kann ja jederzeit was sein in ihrem Zustand, nicht wahr?"

„Da kenn ich mich nicht aus. Aber ganz was anderes: Wir sollten miteinander reden, Herr Polt, nicht heute, das passt nicht. Eilt auch nicht so, denke ich. Ist mir aber trotzdem wichtig. Kann ich die Nummer haben?"

„Na ja, ausnahmsweise."

Mit diesem Gespräch war Polts an sich ja recht stabile Bodenhaftung wieder hergestellt. Er hatte Bastian Priml noch vor ein paar Wochen als klugen, aber auch kalt und sogar rücksichtslos handelnden Menschen eingeschätzt. Inzwischen war er anderer Meinung. Das änderte allerdings nichts daran, dass Polt mit der für ihn unbehaglich neuen Polizei wenig zu tun haben wollte, eigentlich gar nichts. Er war wirklich froh darüber, noch als Gendarm seiner Abschied genommen zu haben. Es konnte kaum Gutes bedeuten, wenn Priml das Gespräch mit ihm suchte. Vermutlich kam er wieder einmal mit dem dörflichen Leben im Wiesbachtal nicht zurecht. Aber wer weiß, vielleicht war ihm auch schon mit einer kleinen Anregung geholfen. Jedenfalls gab es Wichtigeres: Polt hatte Hunger.

Seit diesem denkwürdigen Tag in Breitenfeld war viel Zeit vergangen, fast fünf Monate. Polt hatte längst darauf vergessen, dass Bastian Priml mit ihm reden wollte, und dafür gab es gute Gründe. Es hatte damit angefangen, dass Karin Walter und Simon Polt zu einem Gespräch mit Dr. Pernhaupt, dem Leiter der gynäkologischen Abteilung des Bezirkskrankenhauses, eingeladen worden waren. Bei aller Vorfreude auf die Zwillinge, hatte der Arzt gesagt, müsse allen Beteiligten bewusst sein, dass in diesem Fall eine Risikoschwangerschaft vorliege. Das sei nun einmal so bei Mehrlingen, und das Alter der Mutter – Karin Walter ging auf die Vierzig zu – mache die Dinge noch ein wenig komplizierter. Aber es gäbe ja eine erfahrene Hebamme in Burgheim, Maria Nebenführ, die Karin Walter in den nächsten Monaten intensiv begleiten sollte, und der gemeinsame Besuch von Geburtsvorbereitungskursen sei dringlich angeraten. Dazu müssten aber auch regelmäßige Untersuchungen im Krankenhaus kommen, allenfalls die Überweisung an entsprechende Spezialisten. Es werde schon gut gehen, hatte der Arzt freundlich lächelnd hinzu gefügt, aber man dürfe eben nichts außer Acht lassen. Ja und ... eine Hausgeburt sei so gut wie ausgeschlossen, weil doch mit hoher Wahrscheinlichkeit ein Kaiserschnitt notwendig sein werde.

Karin Walter und Simon Polt hatten tapfer genickt und waren nicht mehr ganz so tapfer, als sie vor dem Krankenhaus standen. Polt wusste nichts zu sagen und schaute seiner Karin so lange forschend in die Augen, bis sie ihm heulend in die Arme fiel.

„Was ist?“ Er klopfte ihr mit tapsiger Zärtlichkeit auf den Rücken.

„Angst hab ich, Simon.“

Und Polt wusste noch immer nicht, was er sagen sollte.

In den nächsten Wochen trug der Alltag viel dazu bei, dass die beiden ihre gut gelaunte Gelassenheit wiederfanden. Karin Walter bereitete sich auf ihren neuen Beruf als Kindergärtnerin in Burgheim vor, und Simon Polt war dankbar für sein buntes Berufsleben als Drittelwirt, Gemischtwarenhandelsgehilfe und Kellergassenführer. Er wohnte jetzt bei Karin Walter. Sein Kater Czernohorsky war hingegen nicht gewillt, seinen vertrauten Lebensraum zu verlassen. Wozu auch: Polt besuchte ihn zweimal täglich und zwischendurch sorgten die Höllenbauern für einen regelmäßig gefüllten Napf und menschliche Zuwendung. Außerdem würde sich erst recht wieder alles ändern, wenn die Kinder da waren. Dann brauchte die Familie mehr Platz. Familie ... Simon Polt, der beschaulich in sich ruhende Einzelgänger, musste sich an den Gedanken gewöhnen, bald zu viert durchs Leben zu gehen.

Polt saß gerade mit Karin Walter beim sonntäglichen Frühstück und warnte sie wieder einmal dringlich davor, sich übermäßig zu strecken und zu recken, weil sich dann die Nabelschnur um den Hals, nein um die Hälse wickeln könne, als er erschrocken eine seltsame Melodie vernahm.

„Dein Handy, Simon."

„Ich werd mich nie daran gewöhnen!"

Bastian Priml rief an. Er fragte teilnahmsvoll nach Karin Walters Befinden und dem Stadium ihrer Mutterschaft, kam dann aber recht bald auf sein schon vor längerer Zeit erbetenes Gespräch mit Simon Polt zurück. Damals sei Unheil in der Luft gelegen, jetzt sei es eingetreten, oder doch fast. Ob ein Treffen möglich wäre, vielleicht im Kirchenwirt, um die werdende Mutter nicht mit Problemen anderer Leute zu belasten?

Polt hatte vor geraumer Zeit gemeinsam mit seinen Freunden Friedrich Kurzbacher und Sepp Räuschl dieses Wirtshaus vor dem Zusperren gerettet. An diesem Sonntag war er als Drittelwirt an der Reihe, wollte sich aber vertreten lassen, um bei Karin Walter bleiben zu können. „Also gut", hatte Polt gesagt, „gegen fünf, da sind wir weitgehend ungestört. Aber ich muss noch mit der Karin darüber reden. Wenn ich nicht mehr anrufe, geht alles in Ordnung."

Er streichelte scheu ihren Bauch. „Der Priml hat Probleme. Weiß der Teufel, warum er meint, dass gerade ich ihm helfen könnte. Einverstanden, wenn ich heute doch den Wirt spiele? Kommt ihr drei auch ohne mich zurecht?"

Karin saß rund und vergnügt da. „Wir werden uns schon einen lustigen Tag miteinander machen, Simon. Wird mir gut tun, einmal nicht wie ein rohes Ei behandelt zu werden."

Gegen zehn sperrte Polt die Wirtshaustür auf. Wenig später waren die ersten Gäste da. Natürlich wurde über den Wein geredet, über die erschreckend dürftige Menge im Vorjahr und über die reiche Ernte in diesem Herbst: Erfreulich, ja schon, aber die Preise für die Trauben waren wieder einmal im Keller und die Qualität ... na ja. „Dass aber auch nie alles passen kann", hatte der Fürnkranz schwer seufzend angemerkt.

Polt gestand sich widerwillig ein, dass er sich sehr wohl in dieser Männerrunde fühlte, mit ihren vertrauten Gesprächen und einer Nähe, die verband, ohne verbindlich zu sein. Und es war schon ganz gut zu spüren, dass es auch eine Welt außerhalb der eigenen vier Wände gab. Als die Männer dann gegen Mittag gegangen waren, trank Polt Kaffee und Mineralwasser. Belesen wie nie zuvor in seinem Leben, wusste er, dass werdende Mütter den Alkohol tunlichst meiden sollten, und er brachte es irgendwie nicht über sich, werdende Väter davon auszunehmen. Er schaute sinnend und ein wenig dümmlich lächelnd in die Wirtsstube, weil er vor seinem geistigen Auge Zwillinge sah, die hier sehr viel Platz zum Spielen hatten. Vielleicht sollte er ihnen sogar eine kleine Schank bauen mit einer kleinen Küche dahinter, damit sie für ihre kleinen Freundinnen und Freunde als Wirt und Wirtin auftreten konnten? Andererseits war natürlich zu bedenken, ob eine so frühe Fixierung auf einen Ort von zweifelhaftem pädagogischen Wert die Entwicklung seiner Kinder möglicherweise in unerwünschte Bahnen lenken konnte. Er beschloss, auch über diese Frage mit seiner zukünftigen Frau ausführlich zu reden. Beide hatten übrigens beschlossen, erst zu heiraten, wenn die Kleinen da waren und an der Hochzeit teilnehmen konnten. „Vorausgesetzt, du nimmst eine mit zwei unehelichen Kindern“, hatte Karin Walter gesagt. „Muss ich mir natürlich erst einmal überlegen“, war Polts Antwort gewesen, „noch dazu, wo ich den Vater kenn.“

Bastian Priml war pünktlich wie immer, grüßte freundlich, wirkte aber müde und bedrückt. „Kann ich einen Espresso haben, so stark wie möglich, Herr Polt?“

„Nein, tut mir leid, wirklich. Unsere museumsreife Kaffeemaschine ist endgültig kaputt, und die Reparatur können wir uns nicht leisten. Tee vielleicht?“

„Ja, auch gut, bitte.“

Polt servierte zwei Tassen. „Kräutertee! Sie haben ja einen empfindlichen Magen, wenn ich mich recht erinnere.“

Priml schnupperte. „Riecht widerlich gesund. Aber was soll's. Ich komme am besten gleich aufs Thema.

Haben Sie mit dem Herrn Mühlbauer Kontakt gehabt, in letzter Zeit?“

„Dem Karl? Das ist lange her. Aber weil Sie jetzt von ihm reden: Wundert mich eigentlich, dass er schon seit Wochen nicht mehr im Wirtshaus war, obwohl er doch ein Freund vom Sepp Räuschl ist, und der ist ja einer von uns drei Drittelwirten.“

„Der Mühlbauer wird nicht unter die Leute wollen, denke ich, damit er sich dumme Fragen erspart. Sie wissen ja, was mit seinem Sohn, dem Michel, los ist?“

„Nein. Bin ja auch nur noch selten im Kaufhaus von der Frau Habesam, und so erfahr ich auch keine Neuigkeiten. Sie hat mir frei gegeben, wegen der Karin.“

„Also ein vorgezogener väterlicher Karenzurlaub. Soll noch einer sagen, dass der soziale Fortschritt am Wiesbachtal vorbeiginge. Wie auch immer: Als wir damals einander in Breitenfeld begegnet sind, hab ich schon gewusst, dass der Bub vom Mühlbauer offenbar seit einiger Zeit hier lebt. Er war viel auf der Straße zu sehen und nicht in der besten Gesellschaft. Na ja, das stimmt nicht so ganz. Diese jungen Leute schauen vielleicht ein wenig seltsam aus, sind aber ganz in Ordnung – so lang sie nüchtern sind. Aber speziell an Wochenenden gibt es dann so etwas wie ritualisierte Besäufnisse. Und dann passiert eben allerhand. Vandalismus gehört noch zu den vergleichsweise harmlosen Vorfällen. Von dieser schwarzen Messe auf dem Friedhof, bei der ein junger Mensch fast zu Tode gekommen wäre, haben Sie ja vermutlich gelesen. Es gibt da ein paar Gruppen, die uns ernsthaft Sorgen machen.

Und leider auch eine Rauschgiftszene. Ich bin mit dem Michel Mühlbauer irgendwann ins Gespräch gekommen, als er ziemlich betrunken war und ein wenig redselig. Ich habe ihn gefragt, warum er eigentlich von zu Hause weg ist und was sein Vater dazu sagt – die Mutter lebt ja nicht mehr. Der Alte soll scheißen gehen, war die Antwort, aber ich könne ruhig wissen, was war. An einem Montag nach einer langen Disco-Nacht hat er in der Spenglerei, wo er beschäftigt war, einen Arbeitsunfall verschuldet. Ausgerechnet sein bester Freund hat dabei drei Finger der rechten Hand verloren. Schock, Entlassung, Geldsorgen und ein Vater, der ihm nur Vorwürfe macht. Am Schlimmsten aber waren die Schuldgefühle seinem Freund gegenüber. Hat er sich eben alles weggesoffen. Bald war kein Geld mehr da, er borgt sich Geld aus, stiehlt schließlich seinem Vater zweihundert Euro. Der alte Mühlbauer verprügelt den jungen Mühlbauer und der, ein Zornbinkel, haut zurück. Mehr hat er nicht gebraucht. Und jetzt ... ein Wrack mit 19 Jahren. No future, so nennt man das wohl heutzutage.

Damals schon war mein Gedanke, dass Sie vielleicht mit dem alten Herrn Mühlbauer reden könnten. Aber erstaunlicher Weise ist es bald einmal besser geworden mit dem jungen Mann, dem Michel. Er hat Arbeit als Zusteller in einer Pizzeria bekommen und sich sogar ein Auto kaufen können, einen uralten Lada. Und dann die alte Geschichte: Er verliebt sich, ist im Himmel, wird verlassen, fährt höllenwärts. Jetzt ist der Dummkopf auf der Flucht vor sich selber. Neulich haben wir ihn mit Ecstasy erwischt, dann mit Speed, diesem Designerzeugs aus dem Labor. Bald einmal wird's schlimmer sein, und der Weg zur Beschaffungskriminalität ist nicht weit. Am Ende sitzt er und lernt den Rest dazu. Gut, ich bin nicht sein Schutzengel, aber einfach zuschauen geht auch nicht. Als ich auf Streife gesehen habe, dass die Presshaustür vom alten Mühlbauer offen steht, bin ich zu ihm in den Keller hinunter."

„Sie?"

„Warum nicht? Wer einmal so extrem gesoffen hat wie ich, fühlt sich zwischen Fässern wie zu Hause. Meine Uniform hat aber den Mühlbauer nicht daran gehindert, mich hinauszuwerfen. Von diesem Idioten und Verbrecher, der einmal sein Sohn war, will er nichts mehr wissen, auch wenn der krepieren sollte, hat er mir nachgeschrien. Sehr betrunken war er übrigens, der Herr Mühlbauer. Im Rückspiegel hab ich dann noch gesehen, wie er mit Fäusten auf die Presshausmauer eingeschlagen hat. Dann ist er ganz ruhig dagestanden mit gesenktem Kopf und hängenden Schultern. Jetzt bin ich bei Ihnen, Herr Polt, und weiß nicht recht weiter."

„Au weh. Aber viel fällt mir nicht dazu ein." Polt nahm einen Schluck Kräutertee. „Ich werd einmal mit dem Sepp Räuschl reden, dem hört der Mühlbauer noch am ehesten zu. Nachrennen wird er seinem Buben nicht, der alte Sturschädel. Aber es genügt ja schon, wenn er die Tür einen Spalt breit aufmacht, nicht wahr? Und wenn dann die Karin entbunden hat – dauert ja nur noch ein paar Tage –, nehm ich mir den Michel vor, wenn er mich lässt.“

Tags darauf war Polt das erste Mal seit langer Zeit unruhig und übler Laune, während Karin Walter sanft und ausgeglichen ihrer Stunde entgegensah. Polt, der sie als gazellengleiches Wesen in Erinnerung hatte, beobachtete misstrauisch, wie sie schwerfällig und kurzatmig ihrer Wege ging. Er wünschte sich eine Zeitmaschine, die ihn über die verbleibenden fünf Tage hinwegtragen könnte, auch über seine Angst. Woher wusste dieser Arzt überhaupt, dass es am kommenden Donnerstag geschehen würde? Diese angeblichen Götter in Weiß hatten ja für alles eine exakte Bezeichnung und einen genauen Termin, vermutlich um ihre Patienten und deren Angehörige in trügerischer Sicherheit zu wiegen. Polt trat ans Küchenfenster. Draußen hatte der Morgennebel einem blank geputzten Herbsttag Platz gemacht. Plötzlich wusste der werdende Vater, was zu tun war. „Du brauchst Abwechslung, Karin, Bewegung und frische Luft. Sonst werden unsere Kinder schon jetzt zu Stubenhockern.“

„So? Meinst du?“ Karin Walter grinste. „Dann denk dir einen hübschen, ebenen Spazierweg aus, der sich mit ganz kleinen Schritten ganz, ganz langsam bewältigen lässt. Und vergiss nicht, dass ich alle paar Minuten einmal aufs Klo muss. Da sind unsere Kinder schuld dran, weißt du?

„Ja, ja.“ Er gab ihr einen unwilligen Kuss auf die Stirn.

Jetzt musste sie lachen. „Dir wird die Zeit zu lang und die Decke fällt dir auf den Kopf, was? Werdende Väter sind wirklich arm. Aber ich hab eine Idee. In ungefähr einer Stunde geht der Autobus nach Breitenfeld. Magst groß einkaufen gehen für mich und die Kleinen? Ich geb dir eine Liste mit.“

Schon fühlte sich Simon Polt besser. Er hatte viel Geld ausgegeben, aber es reute ihn kein Cent. Mit seinen zahlreichen Einkaufstaschen aus Plastik und Papier schaute er aus wie ein Unterstandsloser in Luxusausführung. Ihm blieb noch Zeit bis zum nächsten Autobus. Montag hatten die meisten Wirtshäuser in Breitenfeld Ruhetag. Polt näherte sich also widerwillig einem Kaffeehaus, das er an sich nicht mochte: Bildschirme mit lauten Fußballübertragungen, verrauchte Luft, lärmende Gäste. Er zwängte sich ungeschickt durch die Eingangstür, fand eine freie Sitzecke, verstaute seine Schätze und ließ sich aufatmend nieder. Noch bevor er bestellen konnte, hörte er eine Stimme, die aus einer Gruppe von jungen Leuten kam, die ein paar Tische weiter saßen. „Der Polt aus Burgheim! Na, der traut sich was! Her mit ihm, oder will er nichts zu tun haben mit uns?“

Polt stand auf, trat näher und erkannte ein wenig erschrocken Michel Mühlbauer, der sich offenbar als Punker gefiel: Glatze, martialische Kleidung.

„Hallo, Michel. Wie schaust du denn aus?“

„Wie es mir passt.“ Er rückte Polt einen Sessel hin. „Da, bitte.“ Polt spürte einen kräftigen Rempler.

„Der Typ da war Gendarm im Wiesbachtal. Gendarm schon, aber kein Arschloch. Wissen Sie noch, Herr Polt, wie mich der Räuschl, der alte Depp, beschuldigt hat, seine Bratwürsteln zu stehlen? Dabei war's dem Herrn Polt sein Kater!"

Polt lachte. „Peinlich, so ein kriminelles Haustier, nicht wahr? Aber mit dem alten Deppen tust du dem Sepp Räuschl Unrecht."

„Und?" Michel deutete mit dem Kinn auf Polts Einkauftaschen. „Auf Hamsterfahrt gewesen?"

„Wir kriegen Zwillinge, die Karin Walter und ich, Donnerstag ist es so weit. Da braucht man so allerhand."

Für einen Augenblick glaubte Polt so etwas wie Feindseligkeit in Michels Augen zu erkennen. Dann aber grinste der junge Mann. „Ein Greis pflanzt sich fort. Jeder wie er will. Ich bin mit dem Kapitel durch, aber wirklich. Und für immer."

„Wie geht's dir denn so, Michel?" fragte Polt beiläufig.

„Beschissen. Wie jedem von uns in der Runde. Macht einen nur stärker."

„Ah ja. Und zwischen dir und deinem Vater ist es aus, nicht wahr?"

„Ja."

„Dann war's wahrscheinlich eine blöde Idee von mir, den Sepp Räuschl zu bitten, dass er mit ihm redet?"

„Über was?"

„Über euch zwei."

Michel Mühlbauer starrte Polt eine Weile schweigend ins Gesicht. Dann nahm er eine leere Bierflasche, schlug sie an der Tischkante entzwei und hielt ihm eine scharf gezackte Hälfte entgegen. „Schön langsam reicht mir euer verbrunztes Gutmenschentum."

Polt hörte sein Handy. Er achtete nicht mehr länger auf Michel Mühlbauer, lauschte, erstarrte und fühlte kalten Schweiß auf der Stirn. „Um Gotteswillen! Du Michel, hast du dein Auto noch?"

„Ja."

„Die Karin ..., ich muss bitte, bitte, ganz schnell nach Brunndorf."

Michel Mühlbauer hatte Polt am Oberarm gepackt. „Komm schon!"

Polt starrte schweigend vor sich hin. Als sein Fahrer den Kreisverkehr am Ortsrand von Breitenfeld hinter sich hatte, trat er das Gaspedal durch. „Mehr geht nicht. Was ist los?"

„Die Karin ist gestolpert und hart hingefallen. Und dann hat es mit den Wehen angefangen. Die Maria ist schon bei ihr."

„Maria?"

„Nebenführ, die Hebamme."

„Ah, die."

Sie stand in der Tür, als die beiden ankamen, schaute, stutzte. „Herein mit euch, auch du, Michel. Kann sein, dass ich jede Hand brauch."

Polt trat ein und ging auf Karin zu, die erschöpft, aber entspannt dalag. „Du ..., wie geht es dir?“

Karin versuchte zu grinsen. „Gute Frage.“

Polt spürte die Hand der Hebamme auf seiner Schulter.

„Geredet wird später. Es kann jetzt alles sehr schnell kommen. Die Rettung hab ich angerufen. Geh in die Küche, Simon, mach Wasser heiß. Und frische Handtücher brauch ich.“

Noch nie hatte sich Polt so hilflos gefühlt wie in den folgenden Minuten. Er saß da, hielt Karins Hand. Wenn er spürte, wie die Wehen kamen, immer wieder aufs Neue und deutlich stärker, hielt er die Hand fester. Polt schaute fasziniert und voller Angst seine Karin an, wie sie sich abmühte, wie sie presste, schneller atmete, Laute von sich gab, die Polt noch nie von ihr gehört hatte. Er sah, wie die Hebamme half, ruhig und geübt, aber auch so kräftig zupackend, dass Polt sich zwingen musste, sie nicht zurechtzuweisen.

Ein paar Ewigkeiten später war es geschehen. Zwei winzige Menschen lagen auf Karins Bauch. Als die Nabelschnüre nicht mehr pulsierten, trennte sie die Hebamme ab, wickelte die Säuglinge in flauschige Tücher und gab die Kleinen ihrem Vater.

Polt hatte mehr als alle Hände voll zu tun mit soviel neuem Leben. Er bemerkte, dass der junge Mühlbauer neben ihm stand. Michel hatte Schweiß auf der Stirn und ein seltsames Glänzen in den Augen. Polt nickte ihm zu. „Nimm bitte du eins.“

Die Himmelsleiter

An diesem Tag spät im November fühlte sich Simon Polt wieder einmal so richtig wohl in einer Landschaft, die zwischen Himmel und Erde nicht viel Unterschied machte. Behagliches Grau hüllte ihn ein, ließ Grenzen und Konturen sachte verschwimmen. Kühl war es, doch nicht kalt. Etwas Leichtes, Unbestimmtes lag in Allem, zögerliche Trägheit. Polt war im ersten Lebensjahr von seinen und Karins Kindern recht häuslich geworden, ohne zu murren, gerne sogar. Jetzt standen die Kleinen auf eigenen Beinen, recht wackelig zwar und nur für ein paar Sekunden, doch immerhin, und insgesamt drei Zähne waren zu vermelden. Mit deren zwei biss sich Peter durchs Leben, während Anna vorerst mit einem das Auslangen fand.

Peter und Anna ..., das klang gut inmitten der Kevins und Leons, der Hannahs und Desirees ringsum. Mit einigem Vergnügen erinnerte sich Polt an die Taufe. Grete Hahn und Michel Mühlbauer waren Patin und Pate gewesen, eine unerhört lustige Witwe also und ein junger Mann, dem vieles zuzutrauen war, nur keine tätige Frömmigkeit. Ja, und dann die Hochzeit ... Polt hatte jenen schwarzen Anzug getragen, der normalerweise bei Begräbnissen Verwendung fand, aber bei der Auswahl der Krawatte doch einige Kühnheit bewiesen. Seine Karin hingegen freute sich über das cremefarbene, nicht einmal fünfzehn Jahre alte Hochzeitskleid, das ihr Frau Höllenbauer geschenkt hatte. Alles war sehr schön und feierlich gewesen, sogar die Tischrede Sepp Räuschls. Er hatte sich würdevoll erhoben, bedeutsam in die Runde geblickt und dann lange nach Worten gesucht. Als Räuschl trotz aller Anstrengungen nicht fündig wurde, breitete der alte Weinbauer die Arme aus, schenkte dem Brautpaar ein wonniges Lächeln, sagte „Prost“ und nahm, von heftigem Beifall begleitet, Platz.

Nach einem solchen Anfang konnte es nur gut weitergehen, trotz ehelicher Verwirrungen, Missverständnissen und Turbulenzen. Polt war bislang mit Karin, seinen Kindern und sich eigentlich tadellos zurechtgekommen. Doch an einem Tag wie diesem war es nach all der Sesshaftigkeit im trauten Heim wieder einmal Zeit dafür, allein in die große weite Welt zu ziehen.

Er trat gemächlich in die Pedale seines alten Fahrrades. Der Sattel knarrte leise, ohne die Stille ringsum zu stören. Ein paar Jahre noch, dann würden Anna und Peter ihre ersten Fahrräder haben – ja und einen Vater, der sich auffallend ungelenk, vielleicht auch verhalten ächzend in den Sattel seines museumsreifen Vehikels schwang. Polt grinste.

Er nahm sich viel Zeit für eine ausgedehnte, ziellose Fahrt durch das Wiesbachtal. Als er schwer atmend eine der höheren Hügelkuppen im Norden erreicht hatte, folgte er beharrlich schmalen Güterwegen dicht an der Grenze zu Tschechien, und wandte sich dann talwärts der Kellergasse von Burgheim zu, weil er Walter Vogt nicht allzu lange warten lassen wollte. Dabei gab es für dieses Zusammentreffen weder einen bestimmten Tag, noch einen genauen Zeitpunkt.

Walter Vogt gehörte zur leider immer rarer werdenden Spezies der Kellermänner, der „Köllamona", jener Weinbauern im Ruhestand also, die es sich nicht nehmen ließen, Tag für Tag Presshaus und Weinkeller aufzusuchen, obwohl es dort für sie nichts mehr zu erledigen gab. Das stimmte allerdings nicht ganz. Es konnte nicht schaden, wenn sich einer regelmäßig im Keller umschaute, sorgsam über das nasse Holz der Fässer wischte und den Wein beim Werden und Reifen begleitete. Diese alten Männer hatten kaum noch Eigentum, im Grundbuch standen ja längst die Namen ihrer Nachkommen. Jetzt waren es die Jungen, welche Entscheidungen trafen, die darüber bestimmten, wie es weitergehen sollte. Dieser Einschnitt im bäuerlichen Leben wurde im Wiesbachtal allerdings weniger nachdrücklich vollzogen als anderswo. Es ging ja nicht darum, stolze Besitztümer oder ein großes Vermögen weiterzugeben. Die Alten hatten zwar ihr Hab und Gut übergeben, doch sie blieben geachtete Leute.

Für Simon Polt, der viele Jahre lang das Wiesbachtal kaum verlassen hatte, gehörte das wie selbstverständlich zum Alltag. Als er dann allmählich auch städtisches Leben kennenlernte, sah er, wie arm oder sogar armselig das Alter anderswo sein konnte, auch bei vermögenden Leuten. Ein betagter Weinbauer hingegen hatte kaum Geld, aber immer noch seinen großen Schlüssel für Presshaus und Keller, hatte eine vertraute Welt, die nach wie vor Teil seines Lebens war. Unter der Erde tat sich mit dem Keller ein dunkles Königreich auf. Es gab Wein im Überfluss, die Freiheit, sich nach Kräften zu betrinken oder auch nur zu kosten – und es gab eine große, feierliche Stille, in der vieles Platz fand.

Simon Polt war ein junger Gendarm gewesen, als er Walter Vogt kennengelernt hatte. Damals gab es in Brunndorf noch das Gasthaus Stelzer. Gleich dahinter befand sich der Fußballplatz. Hitzige Auseinandersetzungen sportlicher Natur fanden daher oft ihre Fortsetzung in der Gaststube. Meist verfolgte der Wirt das Geschehen mit vergnügtem Interesse. Immerhin brachte es Abwechslung in sein ohnehin allzu ruhiges Leben. Wenn aber Flaschen und Gläser flogen und größere Schäden zu befürchten waren, rief er die Gendarmerie an. Das war eines vergangenen Tages auch geschehen, und Polt traf eilends mit zwei Kollegen ein. Es gab aber keinen Streit mehr zu schlichten. Zwischen den Kapitänen der verfeindeten Mannschaften stand ein kleiner, schmächtiger Mann und hielt, so gut er konnte, die Arme der beiden Kontrahenten hoch. Er hatte soeben unter beifälligem Gelächter des Publikums beide zu Siegern erklärt und die Mannschaften zu einer großen Feier in seinen Keller eingeladen.

Ein merkwürdiger Mensch, dieser Walter Vogt ..., seine Friedfertigkeit war leise und unaufdringlich, aber von bezwingender Autorität. Als Weinbauer vermied er es stets, sich in den Vordergrund zu drängen, hatte es aber als einer der ersten gewagt, nicht mehr in großen Mengen an Händler zu verkaufen, sondern auf Qualität zu achten, in Flaschen abzufüllen, Stammkunden zu gewinnen. Als sich dann nach und nach so ziemlich alle als Weinkenner wichtig machten, war es Walter Vogt, der leichten Herzens auf angelerntes Verkostungsbrimborium verzichtete. Polt sah ihn vor sich, wie er im Keller einen noch kantigen Blauburger mit viel Tannin zur Nase und dann zum Munde führte. „Jung und zornig", murmelte er dann und wusste, dass sich noch vieles fügen und runden konnte. Dabei hatte es Walter Vogt nie leicht im Leben gehabt. Seine Frau war früh gestorben, und der einzige Sohn wollte mit dem Weinbau nichts zu tun haben. Aber bei seiner Tochter, der Eva, hatte es sich offenbar doch günstig ausgewirkt, dass sie schon als Säugling im Kinderwagen Verkostungen im Keller miterlebt hatte. Außerdem überzeugte sie später einen in jeder Hinsicht vielversprechenden Studenten der Wirtschaftswissenschaften nachhaltig davon, dass sein Wissen an ihrer Seite, im Weingarten und im Keller viel besser aufgehoben wäre als in der Stadt. Walter Vogt konnte also beruhigt in die Zukunft schauen.

Polt wusste, dass der alte Weinbauer täglich gegen fünf Uhr Nachmittag im Presshaus eintraf und dann ein, zwei Stunden im Keller verharrte. Nach und nach hatte es sich eingespielt, dass ihn der ehemalige Gendarm dort besuchte, meist an einem Freitag. Polt wurde also irgendwie und irgendwann erwartet, demnach würde er irgendwie und irgendwann kommen: So war das eben mit Terminvereinbarungen im Wiesbachtal.

Er sah, dass die Tür von Walter Vogts Presshaus einen Spalt breit offen war, trat ein, lächelte dem Weinbauern zu und nahm Platz. Im November war es im Presshaus ganz gut auszuhalten. Man war ja warm angezogen um diese Jahreszeit, und drinnen war es nicht kühler als draußen.

Die Männer tranken erst einmal schweigend, und Polt erkannte den Welschriesling vom Vorjahr. In den vertrauten Geschmack mischte sich ein nicht minder vertrauter Geruch, der sich aber mit den Jahreszeiten änderte, wie Polt wusste. Wenn zum Beispiel im Sommer die Hitze durch Tür und Fensterluken ins Presshaus drang und allmählich auch die dicken Mauern erwärmte, lag in der Luft nicht nur eine Ahnung von altem Holz und Wein, da roch es auch nach Fruchtbarkeit und reifendem Leben. Spät im Herbst dann, wenn die Lese vorbei war und der Wein in den Fässern gärte, blieben die kleinen Fenster verschlossen und die Tür wurde nur noch selten geöffnet. Jetzt war mehr vom Keller zu spüren, vom unheiligen Wunder da unten, der Wandlung vom Zucker zum Alkohol.

Walter Vogt drehte sein Glas in der Hand, stellte es auf den Tisch. „Der Heinrich North ist gestern gestorben, Simon."

„Nein! Der war doch keine sechzig ..."

„Siebenundfünfzig. Am dritten August haben wir Geburtstag gefeiert, da drüben in seinem Presshaus. Ich hab ihn heute früh tot aufgefunden. Hab mich gewundert, dass die Tür offen gestanden ist, und bin dann hinein."

„War das ein Gärgas-Unfall oder wie? Ist ja gefährlich, das Kohlenmonoxyd in den Kellern. Weiß aber doch jeder hier bei uns."

„Ja. Leichtsinn gibt es trotzdem immer wieder ... Nein, Simon, der Heinrich ist im Presshaus gestorben. Ich war schon auf der Gendarmerie und habe alles erzählt. Der Inspektor Priml war am Vormittag mit ein paar Leuten in der Kellergasse, hat alles untersucht und den Toten wegbringen lassen. Mir tut's leid um den Nachbarn, wirklich."

„Ich hab ihn kaum gekannt. Eigenartig, nicht wahr? Manche Leute trifft man immer wieder und lebt an ihnen vorbei ..."

„Was ist der Priml für einer, Simon? Du hast ja mit ihm zu tun gehabt."

„Ich hab ihn erst nicht recht leiden können, so ein scharfer, genauer, weißt du?"

„Und jetzt?“

„Er ist schon in Ordnung. Zum Gegner möcht ich ihn allerdings nicht haben.“

„So?“ Vogt stand auf, ging zur Presshaustür und öffnete den Spalt ein wenig mehr. Dann drehte er sich zu Polt um. „Seit gut sechzig Jahren schau ich von hier auf die Kellergasse hinaus, Simon. Als Bub war ich mit den Eltern hier, als die Russen gekommen sind. Das Geräusch von den schweren Stiefeln auf dem Weg draußen hör ich noch heute, die lauten Stimmen und die grobe, hässliche Sprache. Die Kellergasse war damals nur festgetretener Lehm, Sand und Löss. Gepflastert war im Dorf nur der Platz vor der Kirche, und von Asphalt war sowieso keine Rede, bis in die 70er Jahre nicht. Wir sind dann in den Keller hinunter. Ein paar Soldaten sind uns gefolgt, einer hat mit dem Maschinengewehr Löcher in ein Fass geschossen und es wurde gierig gesoffen. Die Eltern haben dann mit ihnen gehen müssen. Ich bin im Keller geblieben und hab mir vor Angst die Hosen voll geschissen. Am Abend bin ich in unser Haus im Dorf zurück. Die Eltern waren da und haben gelebt. Die Mutter ist im Bett gelegen und hat geweint. Der Vater ist dagesessen und hat die Wand angestarrt. Sie haben mir nie erzählt, was geschehen ist.“

Ein verlegenes Schweigen machte sich breit. Endlich räusperte sich Polt. „Du, Walter, wenn es dich interessiert, frag ich den Priml bei Gelegenheit, was bei den weiteren Untersuchungen herausgekommen ist.“

„Was soll schon herauskommen. Wenn ich dran denke ... Der Heinrich war noch nicht einmal in der Volksschule, als ich ihn zum ersten Mal in der Kellergasse gesehen hab. Damals war ich schon ein frecher junger Lackl, der aus jedem Gewand herausgewachsen ist und der schon einmal den Mädchen nachgeschaut hat. Wie's weitergeht hätt ich allerdings nicht so recht gewusst. Aber mit dem Heinerl war ich trotzdem gern unterwegs. Hab ihm halt die Welt gezeigt und erklärt, dem kleinen Dreck. Ob der was Gutes gelernt hat bei mir, weiß ich aber nicht. Einmal bin ich in unseren Schweinestall mit ihm, sogar in den Kobel mit der Muttersau hinein. Die hat uns dann in den Mist geschmissen, weil sie nicht wollte, dass wir den Jungen in die Nähe kommen. Erst hat uns meine Mutter gebadet, dann hat uns mein Vater je eine Watschen verpasst, ein leichte."

Polt war neben seinen Freund getreten. „Kannst du dir denken, was mit dem Herrn North los war? Hat er Kummer gehabt, war er krank?"

„Ich sag nichts. Wer kann schon in einen Menschen hineinschauen? Allein hat er jedenfalls gelebt, war nie verheiratet. Dabei war er ein fescher Bursch in seiner Jugend. Viel größer und stärker als ich. Aber schüchtern, sag ich dir, scheu wie ein Haserl! In die Krutzler Maria war er einmal schwer verliebt. Stundenlang ist er hinter einem Busch gesessen und hat darauf gewartet, dass sie aus dem Haus kommt. Und war es dann endlich so weit, ist er sitzen geblieben und hat ihr traurig nachgeschaut. Blumen hat er ihr aufs Fahrrad gebunden, auf ihren Sessel in der Schule hat er heimlich Herzerln aus rotem Papier gestreut, und beim Kirtag hat er einem Gleichaltrigen, dem Toni Gstettner, eingeredet, dass er mit ihr tanzen soll und ihr verraten, dass ein gewisser Heinrich sie so schauderhaft liebt und begehrt, aber vor lauter Sehnsucht kein Wort herausbringt. Der Toni hat natürlich nichts erzählt und ist mit der Maria nach dem Tanz im Finstern verschwunden. Geheiratet hat sie dann auffallend gschwind den Gattermayer Rudi. Drei Kinder haben s', eines wird wohl vom Toni sein."

Die beiden Männer gingen zum Tisch zurück. Walter Vogt schenkte nach. „Und was bleibt uns zwei, Simon? Der Wein."

„Hat der Priml auch mit dir geredet, ich meine, wie er in der Kellergasse war?"

„Klar hat er. Aber ich hab ihm nicht viel sagen können. Fehlen wird er mir schon, der Nachbar. Wir waren ja dann viele Jahre als Weinbauern gut miteinander. Komisch ..., auf einmal war der Altersunterschied weg. Kennst mich ja, Simon. Ich bin auch als Erwachsener ein rechter Kindskopf geblieben, und der Heinrich hat älter gewirkt, als er war, mit seinem grantigen Gsicht und dem krummen Rücken. Hat sich weiß Gott was abgerackert. Und was hat er davon? Du, noch was, Simon, weil du ja Gendarm warst. Werden sie den Heinrich mit dem Messer ... na ..., aufschneiden?"

„Glaub ich schon. Warum fragst du?"

„Hat er sich nicht verdient. Mir wär's lieber, dass er als Ganzer unter die Erd kommt. Wirst zum Begräbnis gehen? Wär mir recht, dann hab ich jemand zum Reden beim Essen nachher."

„Meinetwegen. Ich kann ja meinen Hochzeitsanzug wieder aus dem Kasten holen. Diesmal halt mit der schwarzen Krawatte. Warst du gestern Abend im Presshaus? Na klar warst du. Bist du ja immer um die Zeit. Und der Heinrich North war auch da?"

„Ja, zufällig. Er kommt ja nicht oft in die Kellergasse in dieser Jahreszeit. Ich hab's auch dem Priml erzählt."

„Ein Neugieriger, kann ganz schön lästig sein ..."

„Das kannst laut sagen."

„Und natürlich hat er dich gefragt, ob der North bei dir im Presshaus war, oder du bei ihm ..."

„Bei mir war er, der Heinrich. Dann wollt der Herr Inspektor noch wissen, worüber wir geredet haben. Hab ich ihm gesagt, dass es ihn einen Schmarrn angeht. War ja nichts Besonderes. Der Wein in diesem Jahr war natürlich ein Thema, und dann haben wir noch darüber geplaudert, wie alles anders geworden ist im Dorf. Kein Vieh mehr, keiner kennt den andern so richtig, und jeder ist allein mit sich und dem Maschinenzeug. Und so weiter halt, wie es so ist, wenn zwei alte Krauterer beieinander sitzen ..., er könnt's ruhig wissen, der Herr Polizist, aber ich mag's nicht, wenn einer aufdringlich wird."

„Und nachher?"

„Nachher! Nachher! Du kommst mir schon fast wie der Priml vor, Simon. Aber dir kann ich's ja erzählen.

Nachher sind wir noch zum Heinrich hinüber gegangen und haben seinen Grünen gekostet: den Staubigen von heuer und den vom Vorjahr."

„Wie war er denn so, der Nachbar? Anders als sonst?"

Walter Vogt senkte den Kopf und hob ihn dann zögernd. Wieder einmal wurde Polt bewusst, wie sehr er dieses Gesicht mochte: Der Kopf schaute wie eine große Bohne aus, der mehr oder weniger zufällig eine Nase gewachsen war. Viele Jahre entschlossener Friedfertigkeit hatten freundliche Täler und Hügel geformt, und in den Augen saß immer noch der Schalk, auch wenn's diesmal ein trauriger Schalk war.

„Na ja, er ist eben einer, der den November nicht gut verträgt. Da spürt er ja doch, dass er allein ist."

Polt hob sein Glas zur Nase. „Leer ..., aber der Wein ist immer noch drin. – Hast du was, Walter?"

„Es ist nur ..., weil das der Sepp auch gesagt hat, oft und oft hat er das gesagt ..."

„Ich kenn's von ihm. Ein paar Mal war ich in seinem Keller. Eindrucksvoll, nicht wahr?"

„Ja, schon, da hat er sehr darauf geschaut, Simon. Aber keine Flaschen. Mit der Qualität, die der Heinrich aus dem Fass verkauft hat, wär ein schönes Geschäft zu machen gewesen. Aber da war er eigen. Er ist lieber ein Weinbauer, und nur das, hat er immer gemeint. Den Schwindel mit den Etiketten überlässt er lieber dem Händler."

„Und wovon war dann noch die Rede?"

„Warum fragst?"

„Der Priml wird bestimmt auch noch mit mir reden, weil er weiß, dass ich mich in der Kellergasse auskenn, und vor allem weil er weiß, dass ich mit dir befreundet bin. Ich würd gern mehr wissen, damit ich ihm dann nicht alles sagen muss. Verstehst?"

„So ungefähr. Also übers Leben haben wir auch noch geredet, und übers Sterben. Ich hab's bis gestern nicht gewusst, Simon. Der Heinrich war in den letzten Jahren halt immer wieder eine Zeit lang nicht da. Natürlich ist geredet worden im Dorf, du kannst dir ja vorstellen was: dass er sauft wie ein Loch, der Heinrich North, und immer wieder auf Entziehung muss."

„Und die Wahrheit?"

„Krebs. Von der Behandlung, dieser Chemotherapie oder wie das heißt, hat man nicht viel bemerkt, weil der Heinrich schon mit fünfzig ein Glatzkopf war und immer schon ziemlich hager. Drei Operationen hat er hinter sich gehabt. Das Teufelszeug ist aber jedes Mal wieder gekommen. Am nächsten Donnerstag wäre er zum vierten Mal dran gewesen, und er hat einfach nicht mehr wollen. Du Walter, ich geh dann, für immer, hat er irgendwann gesagt, kannst mir hinüber helfen, oder ist das zu viel verlangt? Ich hab nachgedacht, mich weggedreht, damit er mich nicht weinen sieht. Hat aber nur ein paar Sekunden gedauert. Dann habe ich ihn angeschaut und na klar gesagt. Er hat sein Glas mit Wasser gefüllt, eine Handvoll Tabletten aufgelöst und getrunken. Dann hat er auf einmal so was Fröhliches im Gesicht gehabt, wie die kleinen goldenen Engerln bei uns in der Dorfkirche, du weißt ja, die nur Kopf und Flügel sind. Der Grüne ist mir lieber, hat er gesagt, schenk ein, Walter, Nachbar. Ich hab eingeschenkt und nachgeschenkt und nicht aufgehört damit, bis er vom Sessel gefallen ist. Nachher bin ich mit der Weinflasche und meinem Glas in mein Presshaus zurück. Genau so, wie es die Mörder im Fernsehen machen, wegen der Fingerabdrücke. Was jetzt, Simon?“

„Schau mich an. Siehst eine Uniform?“

„Nein.“

„Na also.“

Vier Pfoten

Als Simon Polt aufwachte, war es noch dunkel. Durch seine Arbeit in Aloisia Habesams Kaufhaus war es ihm zur Gewohnheit geworden, gegen fünf Uhr früh wach zu sein – auch ohne Wecker. Daran hatte sich nichts geändert, obwohl Polt seit der Geburt seiner Kinder nur noch selten aushelfen konnte. Ein paar Minuten blieb er noch liegen, weil er sich so sehr darüber freute, dass neben ihm jemand lag, der zu ihm gehörte. Karin Walter schlief, die Kleinen schliefen und Polts Kater Czernohorsky lag adrett eingerollt auf der Bettbank. Polt hatte nur dieses Möbelstück aus seiner Wohnung im Hof der Höllenbauern in Karin Walters kleines Haus gebracht, weil es nun einmal die bevorzugte Liegestatt seines vierbeinigen Weggefährten war.

Czernohorsky, nicht mehr der Jüngste und an sich allen Veränderungen in seinem wohlgefügten Dasein abhold, hatte sich allmählich doch dazu bequemt, seinen Wohnsitz zu wechseln. Polt staunte, mit welcher Sanftmut und Gelassenheit der Kater mit Anna und Peter umging, wie er all das Betasten, Zupfen, Ziehen und Zerren ertrug. Zwischen Czernohorsky und Karin hingegen war die Beziehung zwar nicht gespannt, doch von betonter Beiläufigkeit. Der Kater nahm erfreut zur Kenntnis, dass sich nun auch Karin um seine Fütterung kümmerte, vermied aber plumpe Annäherungsversuche, während sich Polts Frau schon dazu herbeiließ, ihn zu streicheln, wenn auch etwas flüchtig, ohne jede Spur katzengerechter Innigkeit und Hingabe.

Polt stieg leise aus dem Bett.

Es war exakt sechs Uhr früh, als er am Ziel eintraf. Frau Habesam war seit einem Schlaganfall vor einigen Jahren auf den Rollstuhl angewiesen. Allerdings erkannte sie in dieser Behinderung energisch auch neue Möglichkeiten und betrieb ihr Gefährt mit erstaunlicher Geschicklichkeit und Dynamik. Munter rollte sie Polt entgegen. „Ausgeschlafen, der Herr? Oder hat sich das junge Paar der ehelichen Pflichten erfreut?“

Polt stieg vom Fahrrad. „Ja, ja, und dann wachen die Kinder auf.“

„Ich sag’s ja immer, das Haus ist zu klein. Aber jetzt komm erst einmal frühstücken. Möcht wissen, warum ich das Gschäft so früh aufsperr, wenn eh keine Kunden kommen, um die Zeit.“

„Wollt ich schon lange wissen, Frau Habesam, Entschuldigung, Frau Aloisia."

„Weil das schon immer so war. Auf irgendetwas muss Verlass sein im Dorf, wenn sich schon sonst alles ändert."

Polt seufzte. „Sie gehören unter Denkmalschutz, Frau Aloisia. Eigentlich müssten Sie ewig leben, und noch ein bissl länger."

„Das könnt dir so passen, Grünschnabel! Und mich ewig mit euch herumärgern, was?"

Polt biss tapfer in eine zähe Semmel, die auch ziemlich muffig schmeckte. „Was gibt's denn eigentlich für Neuigkeiten? Ich erfahr ja kaum noch was, weil ich so viel zu Haus bin."

„Und woher soll ich was wissen? Die Birgit Sailer hat einen Neuen, wieder einen Polizisten, fast noch fescher als der Norbert. Na, der wird sich freuen, wenn sie ihn zu zweit besuchen, im Gefängnis. Aber warum hat er auch hinhauen müssen auf die Birgit, und dann noch einen umbringen aus Eifersucht? Unrecht Gut gedeihet nicht! Und die liederliche Taufpatin von ihrer Anna, die Frau Hahn, war ohne jeden Grund übers Wochenende in Wien. Was da wohl wieder war? Na ja, sie wird's wissen. Außerdem geben unsere zwei Streithanseln im Burgheim, der Wieser Albert und der Zorn Manfred, noch immer keine Ruh. Erst hat der Wieser dem Zorn ein Brett auf den Rauchfang gelegt, so, dass es schön qualmt in der Küche, aber grad halt keiner erstickt. Hat ja ein gutes Herz, der Albert. Daraufhin hat der Zorn dem Wieser Schweineschrot, also Futter, in den Autotank geschüttet. Bin direkt gespannt, wie es weitergeht. Ja und dann: Die tschechische Feuerwehr hat das Auto von unserem verehrten Herrn Bürgermeister aus einem Acker ziehen müssen, weil er geglaubt hat, dass dieses Navigationskastl noch ein bissl gscheiter ist als der liebe Gott. Die Spitzer Marie ist schon wieder Schifahren mit ihrem Mann, auf irgendeinem Gletscher, weil ihr der Winter wie jedes Jahr zu kurz war, die Windisch Kathi kriegt ein Kind, obwohl sie erst siebzehn ist, und den Vater kennt natürlich niemand. Der Petz Erwin ist bis spät in der Nacht bei der Blasmusikprobe geblieben, weil's gar so lustig war. Als er dann endlich nach Haus gekommen ist, war seine Frau weg – und zwar in der Disco, bis in der Früh. Ich sag's dir Simon, das Eheleben ist auch nicht mehr, was es war. Ja, und eine Leich hab ich gefunden, hinter dem Haus."

„Wie bitte?"

„Wenn ich es doch sage. Erst hat sie sich noch ganz schwach bewegt, dann war sie wirklich mausetot. So weit eine Katz halt mausetot sein kann."

„Ach so ..."

„Ich glaub, das arme Viecherl ist vergiftet worden, Simon. Ich hab's einstweilen in eine Schuhschachtel gelegt. Der Attila war's, vom Anselm Gruber, unserem Professor, du kennst ihn ja, Simon, ist ja fast dein Nachbar, seit du bei der Karin wohnst."

„Kennen ist zu viel gesagt. Aber ich hätt immer schon gern einmal mit ihm geredet."

„Ein sonderbarer Mensch, sag ich dir, ein echter Wiesbachtaler, passt aber trotzdem nicht in die Gegend. In der Schule war er der Beste von allen. Später ist er nach Breitenfeld, ins Gymnasium, dann nach Wien studieren, aber Doktor ist er keiner, so viel ich weiß. War dann Lehrer bei uns und hat sich mit allen zerstritten, weil er alles besser gewusst hat. Darum ist er ja nie Direktor geworden. Gehst halt zu ihm und bringst ihm bei, dass es den Attila nicht mehr gibt. Wird er traurig sein, der Herr Professor. Andererseits: Viecher hat er ja mehr als genug, mit und ohne Kater."

Gegen fünf stand Polt vor Anselm Grubers Bauernhof. Die der Straße zugewandte Fassade war schmal, wie bei den anderen Streckhöfen der Weinviertler Straßendörfer auch. Polt wusste, dass sich dahinter aber recht großzügige Wohnräume befanden, gefolgt von vielen Wirtschaftsgebäuden und Ställen, die den langen, schmalen Innenhof begleiteten. Der Komplex wurde von den Wohnräumen des Altenteils abgeschlossen und dahinter stand oft noch eine große Scheune. Diese vielfältige und auch sehr lebenswerte Innenwelt war aber allzu oft nur noch eine leere Hülle, weil Althergebrachtes unter Bauern eben nicht viel wert war. Riesige Hallen für Maschinen und Stahltanks eigneten sich schon eher dafür zu beweisen, dass es sich dieser Landwirt leisten konnte, mit der Zeit zu gehen. Anselm Gruber hatte die alte Fassade mit dem reich geschnitzten Hoftor allerdings so liebevoll erhalten, dass er wohl auch mit dem übrigen Anwesen sorgsam umgegangen war.

Polt klopfte, wenig später schwang eine kleinere, ins Hoftor eingeschnittene Tür auf und in der Öffnung stand ein rundlicher, rotgesichtiger Mann, der Polt mit einer Handbewegung aufforderte einzutreten. „Wir sind ja neuerdings Nachbarn, Herr Polt, wie? Ich darf Sie in die Küche bitten. Ist ja doch am gemütlichsten dort."

Die beiden nahmen Platz und Anselm Gruber schaute lächelnd zum Fenster hin. „Ich freue mich schon darauf, Ihre Kinder aufwachsen zu sehen! Das Dorf braucht neues, frisches Leben. Alte wie mich gibt es mehr als genug hier. Leider ist es mir in jungen Jahren verwehrt geblieben, Vater zu werden. Aber welches Mädchen lässt sich schon mit einem Jüngling ein, der beim ersten Kuss an die Art und Zahl der dabei übertragenen Bakterien denkt, an ausgeschüttete Hormone, beschleunigten Herzschlag und erhöhten Blutdruck? Ich habe mir diese analytische Betrachtungsweise unseres Lebens und der Dinge, die uns umgeben, früh angewöhnt und konnte dann nicht mehr davon lassen. Auf der anderen Seite bin ich ein sinnlicher Mensch und ein Genießer. Sieht man ja an meiner Körpergestalt, nicht wahr? Aber ich rede schon wieder einmal zu viel. Was führt Sie zu mir, Herr Polt?"

„Ich weiß nicht, was ich sagen soll ..., eine traurige Geschichte, Herr Gruber ..., der Attila ..."

„Mein schwarzer Kater? Und traurig sagen Sie? Was ist geschehen?"

„So genau weiß ich das nicht. Die Frau Habesam hat mir erzählt, dass er hinter ihrem Haus gelegen ist. Erst war noch ein wenig Leben in ihm und dann ...“

„Exitus!“ Der alte Mann hatte sich abgewandt. „Er war noch so jung, keine sechs Monate, und ganz gesund“, hörte Polt ihn leise sagen, „ob ihn ein Auto überfahren hat? Oder Gift? Könnte ich das tote Tier abholen, Herr Polt?“

„Ich kann's Ihnen auch bringen.“

„Nein. Ich bin dem Unglück noch nie ausgewichen. Auch Traurigkeit gehört zum Glücklichsein.“

„Versteh ich nicht ganz.“

„Ja, denken Sie ich? Es gehört zum Handwerkszeug der Gelehrten, klüger zu reden, als man ist. Gehen wir doch gleich gemeinsam zur Frau Habesam, wenn Sie einverstanden sind. Es gibt keine Zeit zu verlieren. Wenn es wirklich Gift war, gilt es für mich in nächster Zeit vorsichtig zu sein. Der Hof ist voller Tiere. Und Sie haben doch auch einen Kater, Herr Polt.“

„Ja.“

„Dann kommen Sie!“

Nach kaum zehn Minuten waren die beiden wieder in Grubers Haus. Der tote Attila lag auf einem Untersuchungstisch in einem kleinen Raum, der auf Polt wie das Ordinationszimmer eines Arztes wirkte. Anselm Gruber beugte sich über das Tier. „Ich wollte einmal Arzt werden, Herr Polt. Erst Allgemeinmediziner, doch schien es mir eines Tages so, als wären die Menschen nicht die ganze Mühe wert. Dann eben Veterinärmedizin. Aber auch dieses Studium habe ich nicht abgeschlossen. – Mh ja. Da ist eingetrockneter Schaum am Mäulchen.“ Gruber zwang mit geschicktem Griff die Kiefer des Tieres auseinander und senkte die Nase. „Riecht sehr schlimm, und es gibt keine erkennbaren Verletzungen ..., da wird wohl Gift im Spiel gewesen sein, welches, kann ich natürlich nicht sagen. Vielleicht war's Zufall und der arme Kerl hat Rattengift erwischt oder ein aggressives Unkrautvernichtungsmittel. Oder es hat ihn jemand erledigen wollen. Dann natürlich kann es weitere tote Katzen geben – kommt leider ja immer wieder vor, so etwas. Lieber Herr Polt, geben Sie doch Ihrem Kater ein paar Tage Hausarrest und halten Sie die Augen offen! Wie heißt er denn?“

„Czernohorsky.“

„Also Schwarzenberg, wenn mich meine dürftigen Tschechischkenntnisse nicht trügen.“

„Hat man mir auch einmal erzählt. Und der Herr Schwarzenberg ist ja nicht irgendeiner, drüben in Tschechien. Hab ich mir gedacht, das passt ganz gut zu einem sehr selbstbewussten Kater im Grenzland. Und ich geh dann, Herr Gruber. Ich war den ganzen Tag weg. Höchste Zeit, dass ich mich um die Zwillinge kümmere und die Karin ein bisschen Luft hat.“

„Ja, natürlich. Und besuchen Sie mich bitte, wenn es irgendetwas Neues gibt – oder auch einfach nur so. Meine Tür ist für Sie immer offen, Herr Polt.“

Polts Kater reagierte auf seine Internierung mit übler Laune und destruktivem Eifer. Mehr und mehr fand er Gefallen daran, die Erde aus Blumentöpfen zu scharren, Textilien aller Art mit gezückten Krallen zu bearbeiten und ungeachtet der Tatsache, dass er kastriert war, da und dort eine penetrante Duftnote zu setzen. Das alles traf sich nicht sehr günstig mit der Entwicklung der Zwillinge, die ihr zweites Lebensjahr erreicht hatten. Dass Anna und Peter anfingen zu reden, war eher ein Grund für haltloses Entzücken der Eltern. Doch schon der kindliche Drang, die Welt krabbelnd, gehend oder sogar kletternd zu erkunden, sorgte für ein Nerven zerfetzendes Gefahrenpotential, noch dazu wo Karin und Simon Polt ungeübt im Umgang damit waren. Außerdem kam es zu Interessenkonflikten in Czernohorskys Revier. Die zunehmende Geschicklichkeit, mit der die Kleinen aus Gefäßen aßen und tranken, konnte auch dazu führen, dass sie sich – unbeobachtet – an des Katers Näpfen vergriffen. Polt hatte Frau Habesam jedenfalls gebeten, für die nächsten paar Tage auf seine Dienste zu verzichten.

Immerhin gab es keine beunruhigenden Neuigkeiten. Polt dachte schon daran, den Normalzustand wieder einzuführen, als er auf eine Nachricht im eben erst erschienenen „Illustrierten Heimatblatt“ stieß. Unter der Schlagzeile KATZENMÖRDER UNTERWEGS stand zu lesen, dass schon wieder ein totes Tier aufgefunden worden sei, und diesmal ließen die äußeren Umstände keinen Zweifel daran zu, dass hier eine besonders grausame Tat verübt worden war. Der Kater war von der uralten Gerda Habinger aufgefunden worden – mit einem großen Küchenmesser an die Holzwand ihres Hauses geheftet. Gerda Habinger hatte sofort ihren Wastl erkannt.

Polt wählte mit unruhigen Fingern die Nummer der Polizeidienststelle Breitenfeld und war erleichtert, als er dort Bastian Priml erreichte, der schon Bescheid wusste. Auf eine sehr energische Aufforderung der Frau Habinger hin hatte er das tote Tier und die Tatwaffe geborgen. Da er ohnehin Dienstschluss habe, bot Priml Simon Polt an, ihn zu Hause zu besuchen.

Bald darauf saß der Polizist in der Küche und schaute sich begehrlich um. „Mein Gott! Ein trautes Heim, ein schönes Weib, zwei bezaubernde Kinder! Irgendetwas mache ich gründlich falsch in meinem Leben, Herr Polt. Aber das soll nicht unser Thema sein." Er griff in die Rocktasche und holte Fotos hervor. „Nicht erschrecken bitte! So also haben wir das bedauernswerte Tier gefunden, und hier ist das Messer in Großaufnahme. Ich wäre Ihnen sehr dankbar, Herr Polt, wenn Sie uns helfen könnten, die Dinge besser voranzutreiben. Tiere werden vom Gesetzgeber ja immer noch enttäuschend gering geschätzt. Für unsere Arbeit als Exekutive hat also fast alles andere Vorrang. Aber natürlich haben Sie jede Unterstützung durch mich. Schon jetzt kann ich Ihnen sagen, dass keine Fingerabdrücke auf dem Messer waren. Es ist übrigens in Taiwan hergestellt worden."

„Kann ich die Fotos haben?"

„Selbstverständlich. Was wollen Sie unternehmen?“

„Erst einmal möcht ich mit dem Herrn Gruber reden, meinem Nachbarn. Sein Kater war ja das erste Opfer. Vielleicht fällt ihm was dazu ein. Und dann muss ich natürlich zur Hex.“

„Hex? Hexe?“

„Ja, die alte Frau Habinger. Alle sagen so zu ihr und sie ist nicht beleidigt deshalb, im Gegenteil.“

Priml wirkte unruhig. „Und ... entschuldigen Sie schon ..., könnte ich vielleicht einen Tee haben?“

Polt schlug sich mit der Hand auf die Stirn und schaute seine Frau an. „Na, wir zwei sind Gastgeber, Karin!“

Es war dann noch ein recht gemütlicher Abend geworden. Am folgenden Vormittag klopfte Polt an Herrn Grubers Tür.

Der alte Mann betrachtete die Fotos, schüttelte stumm den Kopf, seufzte und ging dann zur Küchenkredenz. Er öffnete eine Lade und holte ein Messer hervor. „Ich dachte es mir doch, Herr Polt. Es handelt sich um eines der Messer, die der Sparverein vor vier Jahren als hochherziges Geschenk der Raiffeisenkasse verteilt hat. Made in Taiwan. Kein Zweifel.“

„Da schau her! Dann hab ich ja auch so eines zu Hause.“

Anselm Gruber grinste dünn. „Wenn wir unwahrscheinliche Zufälle beiseite lassen, verengt das die Gruppe möglicher Täter oder Täterinnen auf die honorigen Mitglieder des Sparvereins „UFC Brunndorf“, also auf rund siebzig Personen. Sie kennen diese Leute wahrscheinlich besser als ich, Herr Polt. Fällt Ihnen jemand ein, der sich abfällig über Katzen geäußert hat oder sie sogar hasst?“

„So direkt nicht. Ein paar grobe Lackeln gibt es natürlich schon, und dass die Jäger grad keine Katzenfreunde sind, brauche ich nicht zu erzählen. Aber die sind ja eher auf das Schießen aus oder stellen Fallen auf. Und zur Frau Habinger wär keiner so gemein.“

„Denken Sie auch an fanatische Tierschützer, Herr Polt. Katzen gehen ja mit Vögeln und anderem Kleingetier nicht gerade zimperlich um.“

„Ja, stimmt …, aber diese rohe Gewalt! Für mich schaut das wie eine grausame Hinrichtung aus, eine, die vielleicht auch irgendeine Botschaft bedeutet.“

„Ich sehe schon, Herr Polt, Ihnen muss ich nicht auf die Sprünge helfen. Was jetzt?“

„Ich besuch die Frau Habinger.“

„Leere Kilometer. Die wird Ihnen was vorheulen und Sie dann beschimpfen, weil Sie noch nichts erreicht haben. Eine Hantige, sag ich Ihnen.“

„Weiß ich. Mich hätt sie einmal fast mit dem Stock zur Tür hinaus geprügelt. Bis später also. Ich halte Sie auf dem Laufenden.“

„Kann nicht schaden, Herr Polt. Und viel Erfolg auch …“

„Wer tut so was, Simon? Wer?“

Gerda Habingers Haus war am nördlichen Talrand zu finden, dort, wo der Abhang des Linsbühels eine kleine, mit Weinstöcken bepflanzte Bucht bildete. Polt nahm einen Schluck vom intensiv duftenden Kräutertee. „Wenn ich das nur wüsste. Muss ja ein Schock für Sie gewesen sein!“

„Schock keiner, erschrocken bin ich schon. Aber ich bin einundneunzig Jahre alt, Simon. Da lernt man das Abschiednehmen immer besser, auch von sich selber. Aber mich wird ja hoffentlich keiner an die Wand spießen.“

„Gott bewahre! Hat es Schwierigkeiten gegeben mit dem Wastl in letzter Zeit? Ich mein, weil er vielleicht herumstreunt und Nester ausräumt?“

„Ein Bandit war er, der Wastl, stimmt schon. Aber so, dass jemand wirklich einen Hass hätte auf ihn und auf mich, ist es nicht.“

„Und der vergiftete Kater vom Anselm Gruber …, kennen Sie ihn, Frau Habinger?“

„Den Gruber schon, den Kater nicht. Ich hab eine Zeitlang bei ihm geputzt. Zahlt gut, aber redet viel. Und ein Viechernarr, wie er im Büchl steht. Nur eine Katze ist mir damals nicht aufgefallen. Die fehlt ihm eigentlich grad noch, hab ich mir gedacht. Na, und jetzt zieht endlich eine bei ihm ein und schon geschieht ein Unglück.“

Simon Polt bestieg sein Fahrrad und fuhr langsam auf Burgheim zu. Zögernd näherte er sich Grubers Haus. Er wollte nicht lästig fallen. Andererseits glaubte er allmählich, dass Anselm Gruber so ziemlich der einzige Mensch war, der ihm weiterhelfen konnte.

Polt wurde freundlich empfangen und berichtete von seinem Gespräch mit Frau Habinger. Anselm Gruber lächelte. „Ja, die Hex! Irgendwie sind wir aus ähnlichem Holz geschnitzt. Außenseiter beide, ringsum gering geschätzt, weil wir keiner anständigen Arbeit nachgegangen sind und sehr im Einklang mit den Pflanzen und Lebewesen um uns leben. Das ist ja das Problem: Leute wie die Hex und ich sind hier angewachsen, ganz tief verwurzelt. So abfällig kann man uns gar nicht behandeln, dass wir weggingen."

„Die Frau Habinger glaubt, dass der Attila ihre erste Katze war."

„Da hat sie recht. Ich hab mich immer ein wenig davor gefürchtet, mir so ein Miniraubtier ins Haus zu holen. Ich züchte Tauben, müssen Sie wissen, Meerschweinchen, Hasen, Hühner, Enten, Gänse ... na und so weiter. Schweine, Rinder und Schafe gibt's natürlich auch bei mir. Wenn wir diese leidige Geschichte hinter uns haben, werd ich Ihnen meine Freunde einmal alle vorstellen. Mir war bewusst, dass eine frei laufende Katze Unruhe in mein Tierreich bringen würde, oder auch einmal etwas anstellen könnte. Andererseits haben mich diese unergründlichen Feliden schon auch immer fasziniert. Als ich dann einen befreundeten Künstler in seinem Bauernhof besucht habe, bin ich dort auf Katzen getroffen, die ganz friedlich mit den anderen Tieren gelebt haben. Man müsse sie eben von Kindesbeinen an daran gewöhnen, dass die Tiere am Hof keine Beute sind, erläuterte mein Freund. Das hat mich überzeugt. So hab ich mir nicht ohne Angst und Bangen einen Kater ins Haus geholt, als er erst ein paar Wochen alt war. Alles hätte so schön und harmonisch ausgehen können, Herr Polt. Und jetzt ist er tot, der Attila."

Polt wusste eine Weile nichts zu sagen. Dann stand er auf. „Ich geh dann. Übrigens, Herr Gruber: Mein Kater, der Czernohorsky, führt sich furchtbar auf, seit er Hausarrest hat. Sie können doch so gut mit Tieren umgehen. Was wär damit, wenn Sie ihm einmal gut zureden, dem Czernohorsky?"

„Sie überschätzen meine Fähigkeiten, Herr Polt. Aber wer weiß, im Augenblick haben wir jedenfalls andere Sorgen. Sagen Sie ..., dieser Inspektor Priml – ein guter Mann?"

„Ja, schon. Aber halt eher für Menschen zuständig. Bis bald, Herr Gruber!"

Als Simon Polt am Abend schon wieder bei seinem Nachbarn anklopfte, glaubte er leichten Unwillen in dessen Gesicht zu erkennen. „Ja, ich weiß schon, Herr Gruber, ich bin lästig. Aber ich weiß mir keinen Rat. Heute hat der Kater die Anna blutig gekratzt. So geht das nicht weiter. Bei den Kindern kann er nicht bleiben, ins Freie kann ich ihn auch nicht lassen ... Ihr Hof ist groß, und ich hab mir gedacht, dass Sie für ein paar Tage irgendeinen Raum für ihn hätten, wo er sicher ist und nichts anstellen kann. Schauen Sie, Herr Nachbar, da ist er, der Czerno." Polt öffnete seine Reisetasche und entließ den Kater auf den Küchenboden.

Jetzt war Anselm Gruber ganz offensichtlich ziemlich wütend. Er zwang sich mühsam zur Ruhe. „Sie werden dieses Tier jetzt einpacken und ganz schnell aus dem Haus schaffen.“ Er lächelte. „Und dann können wir ja in aller Ruhe miteinander besprechen, wie ich Ihnen helfen soll.“

Inzwischen hatte aber Czernohorsky die Initiative ergriffen, sprang auf Anselm Grubers Schoß und ließ sich dort laut schnurrend nieder.

Polt grinste. „Na bitte, Herr Nachbar! Schon hat er Sie adoptiert ...“

Gruber saß wie erstarrt.

„Angst vor Katzen, Herr Nachbar?“ Polt lehnte sich gemütlich zurück.

Polts Gegenüber sprang auf. Czernohorsky versuchte sich erst noch festzukrallen, fiel aber dann doch zu Boden. „Ja, Angst“, schrie Anselm Gruber.

Polt steckte seinen sich sträubenden Kater in die Reisetasche. „Entschuldigen Sie bitte, das hab ich nicht gewusst.“

„Schon gut.“ Anselm Gruber war jetzt wieder ganz ruhig. „Sie brauchen sich nicht zu entschuldigen, Herr Polt. Ich hätte einfach die ganze Wahrheit erzählen sollen und nicht nur fast die ganze. Die Wissenschaft hat einen Namen für meine peinliche Schwäche: Ailurophobie. Panische Furcht vor Katzen. Und ich wollte es nicht wahrhaben. Ich liebe doch Tiere! Es hat lange gedauert, bis ich es gewagt habe, eine Katze ins Haus zu nehmen. Ich wollte mich ihr Schritt für Schritt annähern, die Angst überwinden, um irgendwann ganz unbefangen und liebevoll auch mit diesen Tieren umzugehen. Die mir selbst verordnete Therapie hat sich auch vielversprechend angelassen. Aber es ist am Ende anders gekommen, nicht wahr?“

„Ich hab vorhin mit dem Inspektor Priml telefoniert, und der hat mir einen Fachmann für so was genannt. Jetzt kenn ich mich besser aus.“

„Was meinen Sie mit ‚so was‘?“

„Na ja, so eine Alidingsbums, wie Sie gesagt haben. Die kann nämlich durch einen bestimmten Auslöser zum Katzenhass werden. Sagen Sie ..., hat er nicht doch was angestellt, der Attila?“

„Nein, hat er nicht. Und gehen Sie dann bitte.“

Polt spielte beiläufig mit dem Reißverschluss seiner Tasche und fühlte sich gar nicht wohl dabei. Anselm Gruber schwieg lange. Dann entspannte er sich. „Sie sind ein kluger Kopf. Wie schön, Sie zum Nachbarn zu haben! Nein, das war kein Zynismus. Sie kennen die Geschichte von Dr. Jekyll und Mister Hyde? Oscar Wilde hat sie geschrieben.“

„Nein.“

„Ganz kurz: Dr. Jekyll ist ein honoriger Wissenschafter. Mister Hyde ist eine Bestie. Aber beide sind Teil ein und derselben Persönlichkeit. Also wird Dr. Jekyll unter bestimmten Umständen zu Mister Hyde. Wissen Sie, dass ich lange Zeit einen Beo hatte, das ist ein großer schwarzer Vogel aus der Familie der Stare. Mein Habakuk war ein ungewöhnlich kluges und liebenswertes Tier, er war mir von allen meinen Tieren am nächsten.“

„Der hat sprechen können, nicht wahr? Ganz Burgheim hat über ihn geredet."

Anselm Gruber stand auf, holte eine kleine, hübsch verzierte Blechdose und stellte sie auf den Tisch. „Hier! Öffnen Sie."

Polt hob den Deckel ab und sah auf einem purpurroten Kissen den winzigen knöchernen Schädel eines Vogels.

„Vor drei Wochen waren noch Federn dran. Aber kein Körper mehr. Den hat mein Kater zerfetzt und wohl teilweise gefressen. Der Kopf ist vor der Küchentür gelegen. Erst war ich verzweifelt, aber ruhig. Dann bin ich wie von Sinnen durch den Hof gerannt, um diese Katze zu erwischen und sie zu zermalmen, zu erwürgen, sie zu zertreten. Dann war ich wieder ruhig. Wer wütet, endet als Verlierer. Also kalte Rache. Und zwar nicht nur an meinem Kater, sondern an allen Katzen, deren ich habhaft werden konnte. Meine Strafen sollten wuchtig und symbolhaft sein. Haben Sie schon einmal eine Katze mit einer halb toten Maus spielen sehen, Herr Polt?"

„Ja, Herr Gruber, abstoßend für einen Menschen. Aber Schuld gibt es nicht bei Tieren, genau so wenig wie es Gut und Böse bei denen gibt."

„Jetzt spricht der ehemalige Gendarm aus Ihnen. Seltsamer Gedanke: Nichts für ungut, liebe Maus, dass ich dich jetzt schön langsam und genüsslich zu Tode quäle, es ist ja nicht bös gemeint. Wie auch immer. Meine geplante Mordserie habe ich jedenfalls mit dem eigenen Kater begonnen, weil ich jeden Verdacht von mir fern halten wollte. Ich habe dem Attila Gift gegeben und zwar eines, an dem er langsam und qualvoll sterben sollte, so wie die Maus eben. Als er dann tot war, bin ich heulend dagesessen und hab mich einen Verbrecher gescholten. Nie mehr im Leben wollte ich einer Katze etwas antun. Dann wollte ich die Frau Habinger besuchen, nur so, ganz einfach um sie zu fragen, wie es ihr geht. Man macht sich ja Sorgen bei einem so alten Menschen. Sie war nicht da, aber ihre Tür ist ja immer unversperrt. In der Küche ist mir ihr Kater freundlich maunzend entgegengekommen. Panik, Hass, Küchenmesser – die Frau Habinger ist ja auch im Sparverein – und den Höllenkater festgenagelt um seiner schmeichlerischen Falschheit etwas Verlässliches zu geben, seine Existenz sozusagen festzumachen, für immer. Aberwitziger Gedanke, ich weiß. Und in diesem Augenblick war mir der nächste Tod schon deutlich vor Augen: eine Katze köpfen, ihren Leib zerreißen, den Kopf zur Lehre und Mahnung für das übrige Katzengezücht irgendwo exponiert liegen lassen. Gleich darauf war aber die Bestie in mir verschwunden und der alte Anselm Gruber hat sich fassungslos an die Stirn gegriffen. Sie um Hilfe zu bitten, hab ich dennoch nicht gewagt. Danke, dass Sie mich durchschaut haben. Jetzt ist mir leichter."

„Und weiter, Herr Gruber?"

„Ich werde natürlich Selbstanzeige erstatten und vermutlich mit einem blauen Auge davonkommen – so weit mir die Rechtslage vertraut ist. Aber an der Frau Habinger kann ich wohl bei allem Bemühen nie mehr gut machen, was ich ihr angetan habe. Und ich bin psychisch krank, lieber Simon Polt, ich brauche professionelle Hilfe. Jede Phobie kann zumindest gemildert werden. Ich Narr hätte längst etwas tun müssen. Aber ich habe es natürlich besser gewusst."

Polt stand auf. „Viel Glück dabei! Ich nehm jetzt den Czerno und geh nach Haus."

„Und wenn er wieder einem Kind was tut?"

„Der? Nie im Leben! Manche Nachbarn lügen wie gedruckt, Herr Gruber. Aber nur, wenn es nicht anders geht."

Ein Grenzfall

Simon Polt war recht gerne Gendarm gewesen. Doch das war viele Jahre her und er schätzte es gar nicht, immer wieder daran erinnert zu werden. Es gab aber auch Ausnahmen wie jene gesellige Zusammenkunft, die Ende Mai im großen Kastaniengarten des Kirchenwirtes stattfand. Franz Greisinger, der indes sanft entschlafene Wirt, hatte es dereinst gewagt, diesen Gastgarten zu eröffnen, obwohl die Leute in einer bäuerlichen Gegend wie dem Wiesbachtal eher bestrebt waren, vor dem allgegenwärtigen Übermaß an freier Natur in dämmrige Stuben zu flüchten. Bald bekam es auch Franz Greisinger mit der Angst vor dem eigenen Wagemut zu tun. Er sorgte also eilends dafür, dass in seinem Garten Flugdächer und luftige Hütten auch im Freien eine gewisse Häuslichkeit vermittelten. Als dann Simon Polt mit zwei Freunden den Kirchenwirt übernahm und nur noch an Wochenenden offen hielt, blieb der Garten unbenutzt und verwilderte nach und nach. Doch eines Tages rief ein alter Bekannter an. „Mike“ Hackl lud Polt zu einem Treffen seiner dereinst berüchtigten Motorradbande ein. Außerdem wollte er unbedingt, dass es im Garten des Kirchenwirtes stattfinden sollte.

Polt hatte also unwillig zur Gartenschere gegriffen und eine geräumige Lichtung ins Dickicht geschnitten.

Da saßen sie denn, heftig umwuchert: sieben nicht mehr ganz junge Männer, deren durchwegs manierlicher Haarschnitt nicht recht zu ihren martialischen Ledergarnituren passte, die Polt von früher her vertraut waren. Nur „Mike“ Hackl trug noch immer langes Haar, und in seinem Gesicht war auch bei genauerer Betrachtung keine Spur von angepasster Bürgerlichkeit zu entdecken. Alles in allem schien aber offensichtlich aus der berüchtigten Bande ein recht honoriger Club geworden zu sein, der die oft zitierte Freiheit auf zwei Rädern inzwischen eher zurückhaltend interpretierte. Alle hatten für die Nacht Quartier in Privatzimmern gefunden, konnten also unbesorgt trinken.

Die Herren unterhielten sich prächtig, nur Polt fühlte sich ein wenig überflüssig. Endlich wandte sich „Mike“ Hackl an ihn. „Also, Herr Polt, freut mich echt, dass wir wieder einmal zusammenkommen. Ist ja eine Weile her, seit dem letzten Mal. Ich erzähl Ihnen jetzt einmal, wie es weitergegangen ist mit mir und meinem Bruder, dem Maler. Der Hahn, dieses Arschloch, er möge in der Hölle braten, hat ihn ja ins Gefängnis gebracht, Sie erinnern sich. Als mein Bruder endlich heraußen war, ist alles nicht so arg gelaufen, wie ich befürchtet habe, sogar viel besser. Offenbar hat der Ritchie die Zeit genutzt, um sich zu fangen. Weltberühmter Maler ist er keiner geworden, aber er hat einen Namen, es gibt Leute, die seine Bilder sammeln, und er kommt gut durch. Ich hab übrigens auch dazugelernt: Computerbranche. Bin Programmierer geworden. Da fallen schräge Figuren wie ich nicht auf, und das Ganze hat sogar irgendwas mit dem Motorradfahren zu tun: Du bist allein für dich und dein Tun verantwortlich, musst Kreativität und Präzision auf einen Nenner bringen. Der kleinste Fehler, und du fliegst aus der Kurve. Sie erinnern sich noch an unseren gemeinsamen Ritt an die Grenze, Herr Polt? Ein starker Platz, dieses verlassene Dorf im Niemandsland. Ist noch was da davon?"

„Weiß nicht, Mike, war lange nicht mehr dort."

Tags darauf hatte Polt einen schweren Kopf und einen freien Tag: Seine Frau hatte ihm reichlich frische Luft und Bewegung verordnet. So fuhr er eben mit seinem Fahrrad den Wiesbach entlang und spürte, wie es ihm allmählich besser ging. Er dachte an den vergangenen Abend. Es war nett gewesen, wieder einmal unter Leuten zu sein, mit denen er nicht jeden Tag zusammen war, ja, und das eine Glas oder die paar Gläser zuviel betrachtete er ohne jedes schlechte Gewissen als willkommene Lockerungsübung. Jetzt fiel ihm das verlassene Dorf an der Grenze wieder ein, von dem Hackl gesprochen hatte. Gut zwanzig Jahre war es her, als sie dort in der Abgeschiedenheit miteinander geredet hatten. Damals standen auf österreichischer Seite noch ein paar Häuser und Wirtschaftsgebäude. Den weitaus größeren Teil des Dorfes hatten die Tschechen nach 1945 abgerissen, niedergewalzt und in eine schwer bewachte Todeszone verwandelt. Polt bekam davon erzählt und schaute sich neugierig an der Grenze um. In einem der Häuser hielt er Nachschau. Möbel standen darin, in den Kästen hingen allmählich verrottende Kleider, im Küchenschrank lagen Geschirr und Essbesteck. Als er wieder im Freien stand, sah Polt, wie ihn Wachsoldaten von einer Kaserne jenseits der Grenze beobachteten und fotografierten. Über dem Leben im Grenzland am Eisernen Vorhang lag damals eine graue, schwere Decke. Wer konnte, zog weg, wer blieb, hatte kaum Hoffnung, dass diese vergessene Gegend je wieder aufleben könnte. Ganz selten gelang es Flüchtlingen, die Sperren zu überwinden. Noch immer erinnerte sich Polt an jene vier Männer, die es doch wirklich gewagt hatten, in einer selbst gebauten Seilbahngondel über die Hochspannungsleitung nach Österreich zu kommen. Doch meist endete eine Flucht mit Toten. Die Wachen hatten bedingungslosen Schießbefehl und ihre Hunde waren so scharf auf Mann dressiert, dass sie nach einigen Jahren auch von denen, die sie führten, nicht mehr gebändigt werden konnten. Sie wurden dann getötet. Eines dieser gefährlichen Tiere war ins Wiesbachtal entkommen und hatte dort sogar die Jäger das Fürchten gelehrt.

Fast ein halbes Jahrhundert war dieses bedrückende Leben an der Gefängnismauer hierzulande Alltag gewesen. Plötzlich und von den wenigsten erwartet, hatte sich aber innerhalb weniger Monate alles geändert. Die Grenze war mit einem Mal nicht mehr bedrohlich, sie war einladend geworden, für viele allzu einladend.

Ohne darüber nachzudenken, bog Polt in die Kellergasse von Burgheim ein, die, sachte ansteigend, nach Norden führte. Auf halber Höhe etwa stieg Polt ab und schob sein Fahrrad neben sich her. Er ließ die letzten Presshäuser hinter sich, trat wieder in die Pedale und folgte einem Güterweg zwischen weiträumigen Weingärten und Äckern. In einiger Entfernung sah er Rehe stehen, die um diese Jahreszeit keinen Jäger zu fürchten brauchten, ein paar Hasen hoppelten ohne Hast davon, als ihnen Polt gar zu nahe kam.

Bald war die Anhöhe erreicht. Der Weg hatte jetzt keine Asphaltdecke mehr. An beiden Seiten stand ein lichtes Wäldchen, das aber schnell zurückblieb. In einiger Entfernung sah Polt die Stadt Znaim. Dann bremste er und schaute in einen geräumigen Talkessel. Da unten waren vielleicht noch Reste jenes verlassenen Dorfes zu finden, von dem er nicht einmal den Namen wusste. Schon jetzt sah Polt, dass eines der alten Häuser repariert worden war. Vielleicht hatte es jemand gekauft oder es sich einfach angeeignet. Am tiefsten Punkt des Talbodens stand noch ein weiteres Gebäude, offenbar dem Verfall preisgegeben, mit schadhaftem Dach und zerbrochenen Fensterscheiben. Alte Obstbäume waren da, verwachsene Wege, gerade noch zu erkennen.

Der Weg ins Tal war schmal und steil. Polt legte sein Fahrrad ins Gras und stieg hinunter. Er näherte sich langsam dem sterbenden Haus und sah die Tür offen stehen. Zögernd trat er ein, sah irgendwelche Bündel auf dem Boden liegen, vernahm ein Geräusch, und noch bevor er darüber erschrecken konnte, traf ihn ein harter Schlag auf den Hinterkopf.

„Na also! Unser ungebetener Gast kommt zu Bewusstsein."

Die Stimme klang unbeteiligt, die deutsche Sprache war für Polt neutral, jedenfalls konnte er keinen Akzent erkennen. Er sah zwei Männer vor sich. Einer hatte geredet, der andere richtete eine Pistole auf ihn. An der Wand lehnte sein Fahrrad, das die Männer offenbar ins Haus gebracht hatten. Ja, und die Bündel auf dem Boden waren offenbar reglose Menschen. Jener, dessen Stimme Polt schon kannte, bemerkte seinen Blick. „Unsere sehr geschätzten Kunden. Ein wenig müde nach der langen Reise."

„Und warum haben Sie mich niedergeschlagen?"

„Um vorerst die Situation zu bereinigen. Sie stören uns bei der Arbeit. Wir wollten in Ruhe entscheiden, wie es mit Ihnen weitergehen soll." Der Mann griff hinter sich und hielt dann Polts Geldbörse in der Hand. Er zog den Führerschein und einige Fotos hervor. „Und ein Polizist macht uns besonders nervös. Verstehen Sie?“

„Ich bin schon lang kein Gendarm mehr.“ Polt schalt sich einen Idioten. Warum musste er auch dieses uralte Foto mit sich herumtragen, das ihn als stolzen Absolventen am Ende der Ausbildung zeigte?

„Wie Sie meinen. Ihr Stand als liebender Ehemann und Vater gehört aber der Gegenwart an, wie? Reizend diese Kinder, wirklich süß.“

„Ja. Und?“

„Nichts und.“

„Wie geht es weiter?“

„Wir warten. Sie warten auch. Wenn alles gut geht, sind Sie bald frei und bekommen Ihre Papiere nach einigen Tagen zugesandt. Wir sind da nicht so.“

„Und wenn nicht alles gut geht?“

Polt bekam keine Antwort. Er bemerkte, dass etwas Bewegung in die Menschenbündel kam. Ein paar erschöpfte Gesichter schauten ihn aus dem Halbdunkel furchtsam an. Polt hörte Vogelgezwitscher vor der Tür und ganz leisen Glockenklang. Mittagszeit also. Er fuhr zusammen, als er wieder angeredet wurde.

„Ihre Frau steht jetzt wohl am Herd? Und Sehnsucht wird sie auch haben, schön wie sie ist. Bei uns in Tschetschenien stehen nur noch alte Weiber am Herd und kochen den letzten Dreck für ihre zahnlosen Männer. Die Jungen sehen zu, dass sie wegkommen. Sie sind eine beliebte Beute bei sogenannten Säuberungen. Dafür kann man Lösegeld kassieren, sogar für Tote. Wir sind in der Hölle zu Hause, mit und ohne Russen: Schmugglerbanden, Rauschgiftbanden, und die Tejps, unsere Clans. Jeder gegen jeden, mit unvorstellbarer Gewalt. Von vier Millionen Tschetschenen lebt vielleicht noch eine halbe Million im Land. Einige, weil sie dort reich werden, der Rest, weil ihnen die Kraft fehlt zu fliehen, das Geld sowieso. Leute wie wir öffnen das Höllentor in die himmlische Welt des Goldenen Westens. Wenn Sie mich fragen: die gleiche Scheiße wie zu Hause. Schaut nur auf den ersten Blick besser aus. Was ich noch sagen wollte: Sollten Sie Ihr Mobiltelefon suchen – hier ist es." Er warf Polt zwei Bruchstücke vor die Füße und nahm wieder ein Foto zur Hand. „Ach, selig ein Kind noch zu sein. Ich bin übrigens in Deutschland aufgewachsen, mit guter Schulbildung, wie Sie hören. Sollten wir Sie freilassen ... Sie werden ja nicht viel zu erzählen haben, aber auch über das Wenige sollten Sie schweigen. Wir würden von Ihrer Geschwätzigkeit erfahren. Wir leisten uns gute Mitarbeiter, auch im schönen Wiesbachtal. Sie würden über deren Namen sehr erstaunt sein. Und schon Ihrer liebenswerten Familie wegen ist es wohl dringend angeraten ..."

Polt schwieg und hatte Angst.

Erstmals lächelte sein Gegenüber. „Sie üben sich also bereits in der schönen Kunst des Schweigens? Nur zu. Sie haben alle Zeit der Welt dafür."

„Worauf warten Sie?"

„Ich weiß es und kenne den Plan. Sie wissen es nicht und haben keine Ahnung. So soll es sein. Aber

Sie könnten uns dabei helfen, die Wartezeit zu verkürzen. Erzählen Sie uns doch von Ihrer Frau. Wie ist sie im Bett?"

Polt fuhr zornig auf und erstarrte, als der zweite Mann den Lauf der Pistole ein wenig anhob. Sein Partner breitete beschwichtigend die Arme aus. „Da bin ich Ihnen doch tatsächlich zu nahe getreten. Aber ich dachte, so unter Männern ... Mein Gefährte, der so geduldig mit der Waffe auf Sie zielt, ist übrigens Georgier. Er könnte unserer Unterredung auch nicht folgen, wenn er der deutschen Sprache mächtig wäre. Er ist nämlich strohdumm, wie es seiner nationalen Eigenart entspricht, aber geduldig, hinterhältig und reaktionsschnell, ein idealer Mitarbeiter. Na gut, ich frage Sie etwas Harmloses. Was hat Sie hierher geführt?"

„Nichts Besonderes. Ich wollt mir anschauen, was von diesem zerstörten und verlassenen Dorf noch da ist. Als ich das erste Mal hier war, gab's noch die breite Todeszone und eine scharfe Bewachung ... die Kaserne drüben."

„Die ist noch immer aktiv. Aber die Wachsamkeit des Personals hat keine tödlichen Folgen mehr. Ganz abgesehen davon: Wir kennen den Terminkalender. Haben Sie Hunger?"

„Der ist mir vergangen."

„Das ist gut so. Wir reisen wohl oder übel mit leichtem Gepäck. Ein paar Schokoriegel müssen reichen. Dazu Wasser für unsere Kunden und ein paar Energy-Drinks für uns. Manchmal ist es wichtig, sehr wach zu sein. Sie sind so wortkarg, Herr Polt. Sie können mich nicht leiden, nur weil ich mich meiner Haut wehren muss."

Der Mann stutzte. Draußen war das Geräusch von Motoren zu hören. Er warf einen raschen Blick aus einem Fenster neben sich. „Motorradfahrer, Biker sagt man wohl heutzutage. Können Sie mit denen etwas anfangen?"

„Ja, kann ich. Wahrscheinlich Freunde von mir, von früher her. Mit einem von denen war ich schon einmal da. Die wollen sich vermutlich ein wenig umschauen. Vielleicht haben sie auch erwartet, mich anzutreffen. Wir haben gestern Abend über dieses Dorf geredet."

„Gut. ich glaube Ihnen. Lassen wir den Herren ihren Spaß. Sollte aber einer auf die Idee kommen, einen Blick in unser Haus zu werfen, ist Ihre große Stunde gekommen, Herr Polt. Sie werden vor die Tür treten und Ihren Freunden erzählen, dass wir gut bewaffnet hinter Ihnen stehen. Sie werden ihnen eindringlich klar machen, dass es die Vernunft gebietet, sich friedlich zu entfernen. Natürlich werden diese Helden nach Burgheim rasen und dort unverzüglich Alarm schlagen. Aber dann sind wir schon nicht mehr da, begleitet von Ihnen als unserem lebenden Schutzschild."

Polt nickte und bat, auch durchs Fenster schauen zu dürfen. „Mike" Hackl und seine Freunde standen eine Weile unschlüssig am Rand der Talmulde und schauten suchend umher. Dann aber bestiegen sie lachend ihre Fahrzeuge und nutzten die Gelegenheit, sich im Gelände auszutoben. Sie rollten und rutschten rasant talwärts, kurvten gekonnt zwischen den Obstbäumen hindurch und jagten ihre starken Maschinen die steilen Wände der Talsenke hinauf. Als sie des Treibens müde waren, hielten sie an, schwätzten noch kurz über den Heidenspaß, der ihnen eben vergönnt gewesen war, und entfernten sich mit heftigem Aufjaulen der Motoren.

Polt atmete auf und ging auf seinen Platz zurück. Sein Gesprächspartner nickte ihm fast anerkennend zu. „In Ordnung."

„Und jetzt?"

„Wir warten."

Ein unangenehmes Schweigen machte sich breit, gemischt aus kalter Berechnung, mühsam beherrschter Angst und Ratlosigkeit. Irgendwann wurde es auch dem Wortführer zu viel. „Es wird Sie vielleicht interessieren, Herr Polt, wer die Menschen sind, die da hinten in all ihrer Verzweiflung ausharren und hoffen und die es längst aufgegeben haben, Fragen zu stellen, geschweige denn, etwas zu wollen. Ich kann offen reden, weil keiner von ihnen die deutsche Sprache beherrscht, nicht einmal in Ansätzen. Jeder von denen bringt ein beachtliches Potential mit. Als Journalist, Ingenieur, Handwerker, Dienstleister. Jeder von denen fühlt sich seines Lebens nicht mehr sicher oder war zumindest unerträglichen Nachstellungen oder Schikanen ausgesetzt, die seine Existenz bedrohen. Für alle war ich der letzte, aber auch allerletzte Ausweg vor der Vernichtung durch äußere Gewalt oder der Auslöschung durch unausweichliche Selbstaufgabe. Wenigstens sind diesmal keine Frauen dabei. Die sind noch ärger dran. Ich transportiere hier eine Fuhre Untoter. Ihr Asylantrag wäre chancenlos, gibt es doch andere Sowjetstaaten, in denen für sie das Leben Lust und Freude wäre, oder so ähnlich. Bleibt der Untergrund. Letztlich auch chancenlos, wenn Sie mich fragen. Aber das ist nicht meine Sache. Es gibt Wünsche und Begehrlichkeiten. Wir ermöglichen den Weg ans vermeintliche Ziel. Und das kostet. Kostet nicht wenig."

Polt wusste nichts darauf zu sagen. Er saß da und überlegte. Sein Leben war offenbar nicht gefährdet. Die auf ihn gerichtete Waffe des Georgiers hatte wohl nur Symbolkraft. Er würde es vermeiden zu schießen. Der Schall trug weit in der Stille und die Grenzwache war offenbar irgendwo in der Umgebung unterwegs. Andererseits sah Polt keine Möglichkeit, irgendetwas zu tun, das seine Lage verbessern konnte. Er hob den Kopf. „Wenn ich spätabends nicht zurück bin, wird sich meine Frau Gedanken machen."

„Natürlich. Aber dann wird dieses Haus längst verlassen sein."

Polt prägte sich die Gesichter der Männer ein, jedes Detail ihrer Kleidung. Allmählich verschwand das Sonnenlicht aus den Fenstern, das Halbdunkel im Haus wurde dichter. Dann hörte Polt ein Auto näher kommen. Sein Gegenüber warf einen raschen Blick auf die Armbanduhr. „Korrekt. Die Reise geht weiter." Auf ein paar leise Worte hin erhoben sich die Flüchtlinge und bewegten sich auf den Ausgang zu.

Draußen stand ein Lieferwagen mit Wiener Kennzeichen, die Hecktür geöffnet. Polt spürte eine Hand, die ihn zurückhielt. „Erst meine Kunden, dann wir drei. Nach gut einer Stunde werden sich unsere Wege trennen, Herr Polt. Sie begleiten dann meine Kunden noch ein Stück. Man wird Sie an einem Ort freilassen, wo es unbeobachtet möglich ist. Kommen Sie jetzt."

Das Auto fuhr los, schaffte mit einiger Mühe den steilen Weg nach oben, beschleunigte dann. Es waren kaum zehn Minuten vergangen, als der Fahrer bremste. Die beiden Schlepper waren unruhig geworden, verständigten sich flüsternd. Polt versuchte, sich unauffällig hinter die Flüchtlinge zu schieben. Bereitwillig ließen sie ihn gewähren. Er hörte drohende Befehle in einer Sprache, die wohl russisch war. Dann kam das Auto zu stehen. Die Hecktür wurde von außen geöffnet. Polt konnte vorerst nichts sehen und folgte einfach den anderen. Als er ins Freie trat, sah er mehrere Männer der Grenzwache mit erhobenen Waffen.

„Na also, da ist er, unser Simon! Geht's dir gut? Alles in Ordnung?" Polt erkannte Otto Bauer, den Kommandanten der Grenzwache.

„Ja, schon. Kann ich was zu trinken haben?"

„Rot oder weiß?"

„Schnaps, wenn's geht."

„Alles geht." Der Kommandant stellte ein gefülltes Glas auf den großen Tisch im Besprechungsraum. Polt trank, spürte ein Brennen in der Kehle und dann

Wärme, die sich vom Magen her ausbreitete. „Wie ist euch denn das gelungen?“

„Nicht unser Verdienst, Simon, oder nur zum kleinen Teil. Es ist so: Wir und unsere Kollegen von drüben tauschen die Dienstpläne aus und stimmen sie aufeinander ab. Leider kommt es aber immer wieder vor, dass sich Polizisten von Schleppern mit viel Geld dazu überreden lassen, ein paar Tipps zu geben. Man muss das verstehen, die werden noch schlechter bezahlt da drüben als wir, und das will was heißen. Jedenfalls ist es heute wieder einmal geschehen. Aber dann hat der tschechische Kollege beobachtet, dass sie dich erwischt haben. Da hat ihn das schlechte Gewissen gepackt, er hat uns verständigt und dich ganz gut beschrieben. Wir haben uns auf die Lauer gelegt, den Bus knapp vor dem Ziel abgefangen und den Fahrer ausgetauscht. Das war’s auch schon. Noch Wünsche, Simon?“

„Mein Fahrrad ..., es steht noch in diesem Haus an der Grenze ...“

„Deine Sorgen möchte ich haben!“

Der Hass nebenan

Es war Sommer, so richtig Sommer. Das Hügelland lag heiß und trocken unter dem Himmel, der sehr hoch war und sehr blau. Polt konnte sich des Verdachtes nicht erwehren, dass ein heimlicher Windstoß das Wiesbachtal weiter nach Süden geweht hatte, dorthin, wo der Regen so selten fiel, dass nur noch die Alten davon zu erzählen wussten, und die Sonne eine mächtige und unbarmherzige Göttin war.

Doch das konnte einen Menschen nur freuen, der die Hitze mochte. Polt fühlte sich wohl im dichten Schatten des Nussbaumes, der vor seinem Presshaus in der Kellergasse von Burgheim stand. Er schaute über eine struppige Unkrautwiese zu den Weingärten hin, die hinter einer kleinen Böschung im flirrenden Sonnenlicht lagen. Dann griff er zu einem großen geschmiedeten Schlüssel und stieg bedächtig auf krummen Stufen tieferwärts. Nur bei ganz wenigen Presshäusern im Wiesbachtal war die Kellertür von außen zugänglich. Diese Eigenheit fiel aber bei Polts kleinem Anwesen nicht weiter ins Gewicht, weil es in vielfacher Hinsicht anders und absonderlich war. Alle Gebäude hier wandten ihre Türen der langen Kellergasse zu. Nur Polts Presshaus stand verkehrt herum und schaute ins Grüne. Die meisten Presshäuser waren einfach und zweckmäßig eingerichtet. Polts Presshaus war eine bäuerliche Kunst- und Wunderkammer. Es gab hier zwar keinen elektrischen Strom, wohl aber einen prächtigen Luster mit Stäben aus geschliffenem Glas. Heiligenbilder waren sonder Zahl zu sehen, aber auch verschämt-sündhafte Fotos aus den 20er Jahren des vergangenen Jahrhunderts, Illustrationen aus alten Kinderbüchern, Ansichtskarten, geschnitzte Vögel und altertümliches Werkzeug. Sogar die Weinpresse, klein, unscheinbar, aber auch ungewöhnlich, war mehr Schaustück als Arbeitsgerät. Dazu passte der Weinkeller. Er war recht klein, doch sehr tief und auf eine verwirrende Weise verwinkelt. Polt tauchte in die kühle Tiefe – und dann war der Sommer plötzlich nicht mehr da. Hier unten gab es keine Jahreszeit, auch nicht Tag und Nacht. In einer solchen Höhle im Lössboden waren Vergänglichkeit und Ewigkeit ganz dicht beisammen.

Polt wählte zögerlich eine Flasche mit Grünem Veltliner aus, stieg nach oben, nahm im Presshaus Platz, hörte der Stille zu und ließ es sich gut gehen.

Dann vernahm er Schritte vor der Tür. Verwundert sah Polt einen Mann eintreten, der ihm irgendwie bekannt vorkam. Der Besucher fühlte sich hier offenbar wie zu Hause, nahm Platz, griff zu einem Glas, goss es voll, hob es und grinste. „Die Wiedersehensfreude scheint Sie zu überwältigen, mein Guter. Oder sollten Sie mich ins Reich des Vergessens verbannt haben? Tut mir leid, darum kann sich unsereins nicht kümmern. Florian Swoboda ist mein Name."

„Wie? Was? Jetzt erinnere ich mich, einer der seltsamen Freunde von Albert Hahn, diesem Scheusal. Gott hab ihn nicht selig."

„Exakt. Jener Florian Swoboda, von dem Sie dereinst sagten, er sei so ziemlich der uninteressanteste Mensch, den Sie je kennengelernt hätten. Das hat Sie aber nicht daran gehindert, mir den Boden unter den Füßen wegzuziehen."

„So? Hab ich?"

„Da fragen Sie noch? Mit Albert Hahn, dem Scheusal, wie Sie sagen, ist mein einziger Freund und Gönner ermordet worden. Sie haben mir auch noch die Genugtuung genommen, den Täter vor Gericht zu sehen. Der Herr Gendarm hat das Verbrechen einem in die Schuhe geschoben, von dem er gewusst hat, dass er sich umbringen wird. Krachbumm, aus die Geschichte, eine feine Lösung und so bequem für Sie."

„Ich komm bis heute nicht drüber hinweg."

„Oh! Sensibel und von untadeliger Moral, der Herr Polt. Aber weiter im Text: Meiner Frau haben Sie schmerzhaft deutlich vor Augen geführt, dass sie

Jahre ihres Lebens mit einem aufgeblasenen Hohlkörper vergeudet hat, einer Null mit negativen Vorzeichen – und weg war sie, nicht die Null, die Bibsi. Für den Hieb auf den grindigen Schädel des Bruno Bartl hat's dann auch noch Gefängnis gesetzt. Und nachher? Mittellos, unterstandslos, trostlos, so gut wie aussätzig."

„Selber schuld dran, wie?"

„Kommt auf die Perspektive an. Ist ja auch egal. Ohne Sie, Herr Nachbar, wär alles anders gekommen."

„Nachbar?"

„Nachbar. Ich hab das Presshaus neben Ihnen gekauft, Herr Polt. Hab mir gedacht, es wäre ein gutes Gefühl für Sie, mich ganz in Ihrer Nähe zu wissen."

„Und woher haben Sie das Geld?"

„Ich hatte das zweifelhafte Glück, wieder zu heiraten. Alt war sie und nicht mehr ganz gesund. Ich habe meine Lydia nicht gerade aufopfernd, aber streng legal zu Tode gepflegt und dann beerbt."

„Was ist mit Ihrem Presshaus in Brunndorf?"

„Verkauft. Was soll ich noch dort. Hier, bei Ihnen ist es sicher unterhaltsamer."

„Wenn Sie sich nur nicht täuschen. Ich möcht Sie dringend bitten, dass Sie austrinken und gehen."

„Warum?"

„Weil ich meine Ruhe haben will."

„Damit kränken und beleidigen Sie mich aber, Herr Nachbar!"

„Mir egal."

Swoboda stand auf, verneigte sich andeutungsweise und ging. Polt trank sein kleines Kostglas mit einem Schluck leer, schenkte rasch nach, trank aber nach kurzem Nachdenken nichts mehr. Hier halfen nur ein klarer Kopf und kühle Gelassenheit, verdammt noch einmal.

In den folgenden Tagen gelang es Simon Polt, kaum noch an Florian Swoboda zu denken. Seiner Karin hatte er nichts von dem neuen Nachbarn erzählt. Vielleicht gelang es ihm ja, den Ärger bald vom Tisch zu bekommen. Polt nahm es sich jedenfalls vor, sein Presshaus in nächster Zeit nicht aufzusuchen. Wenn dieser Swoboda etwas nicht vertrug, war es Langeweile. Polt hingegen hatte manchmal mehr Abwechslung, als ihm lieb war. Im Hauptberuf war er Ehemann und Vater von Zwillingen, ein vergnügter, liebevoller Vater, der sich viel Zeit nahm für die Kleinen. So nebenbei war Polt aber auch Wirt, Gemischtwarenhandelsgehilfe und von Zeit zu Zeit Kellergassenführer.

Es war ihm ein persönliches Anliegen, Gästen, die ins Wiesbachtal kamen, diese Dörfer, in denen nur der Wein wohnte, näherzubringen und Verständnis für sie zu wecken. Bei einem dieser Ausflüge kam er, ohne viel darüber nachzudenken, ans äußere Ende der Burgheimer Kellergasse, wo sich sein Presshaus befand und jenes, das neuerdings Florian Swoboda gehörte. Zu seinem Erstaunen sah Polt einige Autos vor der Tür stehen. Laute Stimmen und Gelächter waren zu hören. Polt versuchte rasch weiterzugehen, doch da stand auch schon Herr Swoboda leicht schwankend in der geöffneten Tür. „Kommen Sie doch herein, zu uns, Herr Polt! Im Gegensatz zu Ihnen bin ich gastfreundlich."

„Ein anderes Mal gerne. Heute geht's leider nicht."

„Ein Schluck geht immer! Oder sind ich und meine Freunde zu minder für den Herrn? Und Ihre Leute können Sie ja mitbringen."

Polt bat seine Gäste, ihn für wenige Minuten zu entschuldigen, und trat ein.

Florian Swoboda war es gelungen, sein Presshaus innerhalb kurzer Zeit in eine Art beiläufig möblierter Garage zu verwandeln. Die alte hölzerne Weinpresse war verschwunden und mit ihr alles, was einmal zur Identität einer über Jahrhunderte tradierten Arbeitswelt gehört hatte. Dazu passten Swobodas Freunde, die Polt grinsend anstarrten. Er wehrte sich tapfer dagegen, aus ihren leeren Gesichtern auf ein ebensolches Innenleben zu schließen. Allerdings stand zweifelsfrei fest, dass alle hier besoffen waren. Swoboda schob seinen neuen Gast in die Mitte des Raumes und drückte ihm ein gefülltes Glas in die Hand. „Simon Polt! Vormals ein fauler, aber hinterhältiger Gendarm, heute nur noch Biedermann und Langweiler. Prost, Herr Nachbar! Meine Freunde werden Sie in Zukunft übrigens oft antreffen. Sie sehen ja, wie wohl sich die Herren bei mir fühlen. Ein paar von denen sind ein wenig reizbar, Herr Polt, eigentlich alle, um ehrlich zu sein, aber das macht ja nichts, Sie halten ja was aus. Hier ist er also, Freunde, der, von dem ich euch so viel erzählt habe. Ich bitte euch, lasst ihn nur ja nicht allein, wenn er wieder einmal drüben in seinem Presshaus hockt. Der Mann braucht Gesellschaft, und die kann er haben."

„Danke für alles. Ich geh dann." Polt wandte sich zur Tür und kümmerte sich nicht darum, dass ein paar Gläser dicht an seinem Kopf vorbei flogen und an der Presshauswand zerbrachen.

Sonntagnachmittag und Sepp Räuschl war mit dem Kirchenwirt an der Reihe. Polt lag zu Hause bäuchlings auf dem Fußboden und half den Zwillingen dabei, bunt lackierte Holztiere auf die entsprechenden Bilder in einem großen Kinderbuch zu legen. Als das Werk vollbracht war, drehte er den großen Esstisch um, alle drei bestiegen das Schiff, winkten lange zum Abschied und fuhren dann über das große, weite Meer, was immer das sein mochte. Nach einer langen und vergnüglichen Reise landeten sie bei Karin, die sie gastfreundlich zur Sonntagsjause bat. Polt betrachtete seine Frau liebevoll und konnte sich wieder einmal nicht sattsehen an ihr. Dann bemerkte er, wie sie erschrak. Er folgte ihrem Blick und sah im Fenster Florian Swobodas grinsendes Gesicht. Der Mann klopfte an die Scheibe, winkte und verschwand.

„Wer war denn das, Simon?"

„Ein Herr Swoboda, Florian Swoboda, Karin. Du erinnerst dich an die Geschichte mit Albert Hahn? Ich hab dir erzählt, ist lange her."

„Jetzt weiß ich's wieder. Und was will der Mensch auf einmal von uns?"

„Ich wollte dich damit verschonen, Karin. Aber ich fürchte, dass es Ärger geben wird. Da müssen wir halt durch. Kann nicht lange dauern." Polt erzählte. „Der Mensch will mich ärgern, mir das Leben verpatzen. Und er weiß genau, wie man so was angeht."

„Und ich weiß, wie man mit solchen Typen umgeht. Immerhin war ich einmal Lehrerin. Du machst einen Fehler, Simon, wenn du ihm ausweichst. Geh ruhig häufiger ins Presshaus als bisher. Aber lass ihn links liegen. Die schönste Provokation wird fad, wenn sie nichts bewirkt. Und meinetwegen kann er so oft er will durchs Fenster grinsen. Für mich ist er Luft."

„Aber mir passt es nicht."

„Ja, denkst du denn mir? Aber die Nervenkraft will jetzt einmal investiert sein. Und irgendwann wird er den Bogen überspannen und sich angreifbar machen. Dann ist er reif für die Polizei."

„Recht hast, Karin. Theoretisch hast du recht."

Als Polt das nächste Mal zu seinem Presshaus kam, empfing ihn Baulärm. Ein Bagger stand neben Polts Presshaustür und war dabei, ein großes Loch in die Mauer nebenan zu brechen. Zwei Arbeiter stützten mit eisernen Säulen die verbliebene Wand ab. Auf der Wiese lag ein großer Haufen Sand.

Polt stand da, staunte und bemerkte erst gar nicht, dass Florian Swoboda schon eine Weile neben ihm stand. „Meine Verehrung, Herr Nachbar. Tut mir leid, dass es in nächster Zeit ein wenig laut sein wird, hier heroben. Aber ich freue mich schon darauf, bald mit ihnen Tür an Tür zu wohnen, mit einer sauberen Betonfläche davor, als Gartenterrasse für mich und meine Freunde. Sie sind übrigens jederzeit herzlich eingeladen, uns Gesellschaft zu leisten."

Polt schwieg, nickte, sperrte seine Presshaustür auf und ging nach innen. Florian Swoboda folgte ihm.

„Es ist doch gestattet, Herr Nachbar?"

„Nein. Bleiben Sie draußen."

„Und wenn nicht?"

„Werfe ich Sie hinaus."

„Körperliche Gewalt? Verabscheuungswürdig!"

„Ein Schritt zu weit und es staubt." Polt setzte sich mit dem Rücken zur Tür an den Tisch und wartete. Es dauerte ein paar Minuten, Minuten, die sich unerträglich dehnten, bis Polt das leiser werdende Geräusch von Schritten hörte.

Natürlich gehörte es sich, so oft wie möglich bei Frau Habesam einzukaufen, darin waren sich Polt und seine Frau einig. Doch leider war ihr sonst überaus reiches Sortiment recht dürftig mit Kindernahrungsmitteln ausgestattet und auch das bescheidene Angebot wartete schon sehr lange auf Käufer, war also mit Vorsicht zu genießen. So zwischendurch gönnte sich die Familie Polt dann aber doch einen Besuch in Frau Aloisias wundersamem Gewölbe. Immerhin war die Kauffrau Trauzeugin gewesen, eine übrigens, die, vermutlich leise seufzend aber doch, einen tiefen Griff in den Sparstrumpf getan hatte, um die Zukunft der Zwillinge mit einem generösen Geldgeschenk abzusichern.

Nun war es wieder einmal so weit. Polt schob frohgemut den breiten Doppel-Kinderwagen vor sich her, Anna und Peter waren glänzender Laune und Frau Habesam rollte den Ankömmlingen freudig erregt entgegen. Die Kleinen waren Fremden gegenüber in letzter Zeit ein wenig scheu und ängstlich, aber Frau Habesam war nicht fremd und ihre eher herbe Wesensart schimmerte angesichts der Zwillinge in güldener Güte. Feierlich überreichte sie jedem der beiden eine Schokobanane. Dann warf sie einen forschenden Blick auf die Eltern. „Schaun eh gar nicht so schlecht aus, die zwei. Ein bisserl runder wär mir aber schon lieber. Und spielt er viel mit euch, der Papa? Hoppe, Hoppe Reiter?“

Polt grinste. „Als Pferd bin ich besonders gut.“

Dann wurde kräftig eingekauft. Auch Anna und Peter, endlich dem längst ungeliebten Kinderwagen entronnen, durften auf eigenen Beinen das Kaufhaus erkunden und einkaufen. Sie bekamen von Frau Aloisia Käferbohnen, mit denen Sie bezahlen konnten. Am Ende behielt die Gemischtwarenhändlerin aus pädagogischen Gründen immer einen kleinen Teil der Kinderwaren zurück. „Das kostet leider ein paar Bohnen mehr“, pflegte sie zu sagen, „aber ich schenk's euch, weil ihr so liebe Kinder und so treue Kundschaften seid.“

Als Familie Polt wieder im Freien stand, kam Florian Swoboda des Weges. „Meine Verehrung, Herr Polt, hallo Karin!“, sagte er fröhlich. Polts Frau warf ihm einen wütenden Blick zu. „Ich wüsste nicht, woher wir einander näher kennen sollten, Herr Swoboda!“

„Oh, ich wüsste schon ..., schlechtes Gedächtnis, nicht wahr? Typisch für Ehefrauen. Habedieehre!"
Polt warf seiner Frau einen raschen Blick zu und sah, dass sie bis über die Ohren errötet war.

Zu Hause angekommen, vermieden es die Eheleute sorgfältig, das Gespräch auf Florian Swoboda zu bringen. Am Abend wehrten sich die Zwillinge dann einträchtig und energisch dagegen, schlafen gelegt zu werden. Ihre Mutter versuchte sie umzustimmen und versprach, eine besonders schöne Geschichte zu erzählen.
„Du und deine Geschichten", hatte Polt gemurrt und sich damit einen kräftigen Tritt gegen ein Schienbein verdient. Beide mussten lachen, die Kinder lachten mit und schliefen bald darauf auch ohne Geschichte ein.

Als Polt und seine Frau am nächsten Morgen beim Frühstück saßen, waren beide recht schweigsam. Nach einer Weile berührte ihn Karin an der Hand. „Grantig schaust drein, Simon."
„Wär's ein Wunder? Du, ich hab heute Nacht darüber nachgedacht, ob ich das Presshaus verkaufen soll. Ich find schon was Neues."
„Aber nicht so eins, Simon, das ist einzigartig. Außerdem gehört es längst zu deinem Leben, wie eingewachsen."
„Ja, schon ..., weißt du, was mich besonders ärgert?"
„Sag!"

„Dass wir schon beim Frühstück über ihn reden. Der Hund macht sich überall breit, wo ich ihn nicht haben will."

„Du hast angefangen, über ihn zu reden, Simon. Aber das ist natürlich kein Vorwurf. Außerdem trau ich mich schon jetzt zu wetten: Es wird schneller vorbei sein, als du glaubst. Aber um endlich über etwa Wichtiges zu reden: Im Herbst haben die Kleinen ja ihren vierten Geburtstag. Wie gehn wir's an? Kleine Feier im Kreis der Familie? Oder das erste große Geburtstagsfest für Anna und Peter, mit allem Drum und Dran mit ganz, ganz vielen Kindern?"

„Und wohin mit denen in deinem kleinen Haus, Karin?"

„Ja wohin ...? Du vergisst, dass du mit einer Kindergartenleiterin verheiratet bist. Das wird das größte Ereignis seit der Eröffnung, glaub mir."

„Danke, dass du nicht Event dazu sagst, Karin."

„Gern geschehen. Aber es wird was los sein, das verspreche ich dir! Lokalpresse, Bürgermeister, Pfarrer ... Was ist denn, Simon?"

„Schau bitte nicht zum Fenster!"

Natürlich schaute Karin erst recht. Und sie sah Florian Swoboda, der ihr Kusshändchen zuwarf.

Polt stand auf. „Jetzt ist er dran."

Er verließ das Haus, wollte das Fahrrad nehmen, ließ es aber stehen und zwang sich zur Langsamkeit. Er hatte gute Lust darauf, den Swoboda nach Strich und Faden zu verprügeln, bis er sich nicht mehr rührte. Damit würde er sich natürlich strafbar machen. Na und? Aber dieser Mensch war zäh, hatte schon härtere Schläge weggesteckt ohne sich zu ändern. Oder war er mit einer Drohung einzuschüchtern? Ab sofort ist Ruhe, sonst ... Ja, was sonst? Trotz der fast unbezähmbaren Wut, die Polt vorantrieb, spürte er Ohnmacht, und die ließ ihn noch zorniger werden. Dieser Schurke mochte vielleicht insgeheim erschrecken, im Prinzip musste er sich aber am Ziel seiner Wünsche sehen: Polt gab die Deckung auf, war ausreichend provoziert worden um anzugreifen. Dann also ein Gespräch unter Männern, ganz ruhig, aber in aller gebotenen Deutlichkeit ... Karten auf den Tisch. Wer will was? Wie tragen wir es aus?

Schon hatte Polt das Ende der Kellergasse erreicht und sah Florian Swoboda vor seinem Presshaus stehen. Er trat dicht an ihn heran. Sein Gegenüber wich einen Schritt zurück. „Warum auf einmal diese Nähe, Herr Nachbar, so früh am Morgen auch noch?"

„Wir haben was zu klären. Hier und jetzt."

„Dazu gehören zwei. Ich weiß, was ich will, und es macht mir täglich mehr Vergnügen."

„Das wird sich ändern."

„So? Kommen Sie mit mir, Herr Nachbar. Ich habe eine Überraschung für Sie."

Florian Swoboda wandte sich dem schmalen Weg zu, der hinter die Presshäuser führte. Er ging voran. Vor Polts Presshaustür blieb er stehen. „Und? Was sagen Sie jetzt?"

Polt sagte nichts. Die Hitze, die plötzlich in ihm war, erstarrte und erfror. Von seinem Nussbaum stand nur noch ein Stumpf. Der Rest lag in Trümmern daneben. „Das hat Folgen, du Arschloch. Morgen bin ich beim Bürgermeister."

„Dann grüßen Sie ihn bitte ganz lieb von mir, ich war nämlich schon bei ihm. Dieser Baum hier hätte einen Schatten auf meine neue Terrasse geworfen. Und er steht ja auf öffentlichem Grund. Er stand, besser gesagt." Swoboda hob die Schultern. „Ein herber Verlust für Sie, Herr Nachbar. Wer verliert schon gerne einen guten Freund?" Er ging leichten Schrittes auf Polts Kellerstiege zu. „Und was Ihr keusches Weib betrifft: Nichts läge mir ferner, als Ihnen etwas wegzunehmen. Es sei denn, ich verspürte Lust darauf. Da weiß ich mir aber Besseres. Ja, damals, nach dem Pfarrfest ..., so jung war sie, die Karin, und so blöd hat sie mit ihren Freundinnen getuschelt und gekichert. Hab ich sie eben hinter den Busch gelockt. Ich sage Ihnen, mein Guter, ich hätte genau so gut einen Badeschwamm küssen können. Wahrscheinlich hat sie dabei an Gott und an den Herrn Bundespräsidenten gedacht. Fortsetzung uninteressant. Kann sie's inzwischen besser?"

Irgendetwas zerriss in Polt. Er holte zum Schlag aus, doch da fiel Florian Swoboda schon, fiel rücklings die Kellerstiege hinunter und blieb liegen. Polt ging zu ihm hin, beugte sich über ihn. Swoboda schlug die Augen auf. Sein Gesicht verzerrte sich. „Ich kann mich nicht bewegen. Rufen Sie bitte die Rettung an!"

„Ja", sagte Polt, „und für mich die Polizei."

Es dauerte kaum zwanzig Minuten. Swoboda wurde auf eine Bahre gelegt und weggetragen. Polizisten gingen auf Polt zu, darunter Bastian Priml. „Herr Polt! Kommen Sie, gehen wir ein paar Schritte weiter." In einiger Entfernung von seinen Kollegen blieb er stehen. „Und jetzt erzählen Sie bitte aus Ihrer Sicht."

Polt berichtete. Priml seufzte. „So viel vorweg: Ich glaube Ihnen jedes Wort. Und jetzt muss ich meine Arbeit als Polizist tun. Verstehen Sie das?"

„Ja."

„Dieser Swoboda hat alles getan, um Sie bis aufs Blut zu quälen und zu reizen. Bis Sie eben die Beherrschung verloren. Haben Sie zum Schlag ausgeholt?"

„Ja."

„Doch Sie haben nicht zugeschlagen?"

„Nein."

„Aber Sie hätten."

„Mit aller Kraft."

„Dieser Swoboda ist direkt am Abgang ihrer Kellerstiege gestanden, nicht wahr? Haben Sie ihn dorthin gedrängt?"

„Nein."

Bastian Priml nahm seine Brille ab, zog ein Taschentuch hervor und begann die Gläser zu putzen. „Tu ich immer, wenn ich keinen Ausweg finde. Für uns beide ist die Sache klar. Doch es fehlen die Beweise. Vielleicht findet sich irgendwas, irgendwer. Ich werde tun, was ich kann. Sie hören von mir."

Simon Polt gab Priml die Hand und ging dann wie im Traum die Kellergasse hinunter und weiter zum

Haus. Er wachte erst auf, als er seine Frau in der Tür stehen sah. „Du hast die Wette gewonnen, Karin", sagte er, „es ist vorbei. Und ich bin schuld daran."

Schon am Morgen des nächsten Tages rief Bastian Priml an. Von ihm aus gäbe es keine Neuigkeiten. Aber der Swoboda wolle etwas sagen. Gegen elf im Bezirksspital Breitenfeld ..., geht sich das aus?

„Muss sich ausgehen."

Karin wollte ihren Mann unbedingt begleiten und telefonierte mit Grete Hahn, die sofort zusagte, auf die Kleinen aufzupassen. Zum vereinbarten Termin standen Polt und Karin vor Swobodas Krankenbett. Auch Bastian Priml war da. Swoboda schaute seine Besucher an und grinste. „Diese Pointe habe ich verpatzt."

Weil Polt schwieg, fragte Priml. „Wie darf ich das verstehen?"

„Na, wie schon. Show-down. Das finale Zertreten eines Wurmes namens Polt. Mein Gott, wie oft habe ich diesen Sturz geübt. So hätte es ausgehen sollen: Ich bleibe unverletzt und beteuere, dass mich dieser Unhold in den Abgrund gestoßen hat. Simon Polt, der reine Tor, hätte unumwunden zugegeben, dass er die Folgen meines Sturzes, sogar auch tödliche Folgen, in Kauf genommen hat. Sieg, Triumph, tiefe Befriedigung. Schmeck's. Ich werde nie wieder gehen können. Aber ich will es Ihnen auch nicht gönnen, Ihren Spaß an einem kraftlosen Gegner zu haben. Da bin ich noch lieber großmütig. Sie haben Ruhe vor mir, Herr Polt, für immer und ewig. Ja, und noch was ...

Sie haben damals, vor vielen Jahren, nicht nur gesagt, dass ich der uninteressanteste Mensch bin, dem Sie je begegnet sind."

„Was noch?"

„Als Verlierer, haben Sie gesagt, wär ich gar nicht so schlecht. Offenbar mach ich am Boden liegend die bessere Figur, was?"

Draußen, vor dem Krankenhaus, nahm Polt seine Frau in die Arme. Dann schob er sie sanft von sich und schaute sie forschend an. „Eins noch, Karin, ganz ehrlich jetzt! War da wirklich was mit dem Swoboda?"

Karin lachte schallend. „Du bist ein Depp, Simon."

„Danke! Bin ich ausnahmsweise gern."

Nutznießer

Polt war sehr guter Dinge an diesem grauen, nasskalten Tag im Herbst. Die Feier zum vierten Geburtstag der Zwillinge war im Kindergarten geradezu fulminant über die Bühne gegangen. Die Mütter hatten Torten mitgebracht, allesamt mit üppigen Cremeschichten versehen und sehr bunt dekoriert. Ein Teil dieser Süßspeisen war in den kleinen Mägen gelandet, der Rest fand äußerlich Anwendung, häufig in Kombination mit süßem Saft. Trotz allen Überflusses hatte es auch tränenreiche und lautstark ausgetragene Verteilungskämpfe gegeben, wenn es um das Vorrecht ging, Verzierungen abzulösen und anzuknabbern oder Kerzenhalter abzuschlecken.

Karin bewegte sich den ganzen Nachmittag über heiter und gelassen durchs kindliche Chaos, und der stetig anschwellende, zunehmend schrille Geräuschpegel war offenbar Musik in ihren Ohren. So nebenbei munterte sie zu lustigen Gruppenspielen auf und verschwand auch einmal mit einem Kind im Klo, dessen Gesicht eine deutlich olivgrüne Färbung aufwies. Simon Polt bewunderte seine Frau, verfolgte das Geschehen geduldig und achtete vor allem darauf, dass Anna und Peter ihren Spaß hatten. Als dann alles vorbei war, half er Karin den Kindergarten einigermaßen in Ordnung zu bringen und ihn von klebrigen Stoffen aller Art zu säubern. Wenig später lagen die Zwillinge friedlich schlummernd im Bett. Die beiden erschöpften Eltern öffneten eine Flasche Wein, fanden einander tapfer, lieb, aber auch sehr begehrenswert, ein Umstand, der den angeblich erholsamen Schlaf vor Mitternacht nicht recht zulassen wollte.

Wie auch immer: am nächsten Morgen war Montag, und Polt wurde um sechs Uhr früh von Frau Habesam erwartet.

Auf die Minute pünktlich traf er ein. Dennoch blickte ihm seine Arbeitgeberin ausnehmend missgünstig entgegen.

„Ist was, Frau Aloisia?“

„Was soll schon sein! Da hab ich einen mordstrumm Grant, einen ganz giftigen Zorn, und dann kommt dieser Mensch auch noch pünktlich ins Gschäft. Kannst du mir sagen, Simon, mit wem ich jetzt schimpfen soll?“

„Ja, das ist natürlich ein Pech. Warum sind’s denn überhaupt grantig?“

„Wegen mir. Weil ich so eine blöde Trutschen bin. Sperr das Gschäft auf, in aller Früh, sperr das Gschäft zu, spät am Abend, muss mich zwischendurch mit der Kundschaft ärgern und verdien einen Dreck. Es muss sich was ändern, sag ich."

„Aber früher haben Sie doch gesagt, dass sich nichts ändern soll, weil es etwas geben muss, worauf man sich verlassen kann im Dorf."

„Früher, früher! Früher war gestern. Und ich bin nicht von Gestern."

„Nein?"

„Nein. Und jetzt wirst vielleicht auch noch ein Frühstück von mir haben wollen. Gestrichen, sag ich. Aus damit. In einem modernen Geschäft sitzt die Chefin nicht mit ihrem Gehilfen herum. Und verschenkt wird erst recht nichts heutzutage."

„Soll mir recht sein. Aber, Sie entschuldigen schon, irgendwie kommen Sie mir heute komisch vor, Frau Aloisia, so anders als sonst."

„Dir wird bald nichts mehr komisch vorkommen, Simon, anders aber schon. Und jetzt ins Büro mit dir!"

Dort angekommen, sah Polt zu seinem Erstaunen einen Einkaufswagen stehen, wie er ihn aus dem Supermarkt kannte. „Wo ist denn der her?"

„Geht dich nichts an. Wer viel fragt, arbeitet wenig. Ab sofort werde nicht nur ich hier herumrollen. Sollen sich die Leut ihre Kram selber zusammensuchen. Ich bin ja nicht ihre Dienstmagd."

„Ja, und Sie glauben, dass auch alles zu finden sein wird?"

„Ich verbitte mir jede Anspielung auf meinen Ordnungssinn. Außerdem wird demnächst alles umgebaut. Kerzengrade Gänge und Regale. Mit einer Hand wirst du einschlichten und mit der anderen an der Kasse sitzen."

„Wird schwer gehen."

„Alles geht, wenn man will. Ich werde von hier aus das Ganze im Fernseher überwachen. So geht das heutzutage."

„Und Sie meinen das alles wirklich ernst?"

„So ernst wie nur was. Warum fragst du so frech?"

„Weil ich mich halt in so einem Geschäft nicht wohlfühlen könnt. Und Sie wären auch nicht grad glücklich, trotz Fernseher."

„Mein Glück lass meine Sache sein, Simon, und bei Angestellten, die sich wohl fühlen, macht man als Geschäftsfrau was falsch, heutzutage."

„Ja dann ..., es ist nicht persönlich gemeint, Frau Aloisia, aber dann möcht ich eigentlich nicht mehr bei Ihnen arbeiten."

„Das ist das rechte Wort zur rechten Zeit, Simon, wollt sagen, Herr Polt. Sie können gehen. Und Nachmittag um vier sehen wir uns noch einmal wegen der Papiere."

„Welche Papiere?"

„Na, Kündigung und Zeugnis halt – ein schlechtes, eh klar. Muss alles schriftlich sein heutzutage!"

Polt entfernte sich kopfschüttelnd. Allein wollte er nicht sein, also beschloss er, Karin am Arbeitsplatz zu besuchen. Sie war gerade dabei, an der Spitze einer

Kinderschar über ein paar aufgehäufte Sitzpolster zu klettern. Zwei ausgestreckte Zeigefinger hielt sie sich an den Kopf und deutete so Hörner an. „Hallo Simon! Ich bin eine Gämse und die Kinder hinter mir sind meine Zicklein. Willst mitmachen? Als Gamsbock könntest du mich überzeugen." Polt setzte sich also ebenfalls Hörner auf und gab ein Geräusch von sich, das ihn in Gämsenkreisen auf der Stelle unmöglich gemacht hätte. Aber die Kinder fanden es lustig. Als der Gipfelsieg errungen war, nahm er seine angetraute Gämse um die Schultern. „Die Frau Aloisia, also neuerdings wieder die Frau Habesam für mich, hat mir gekündigt, genau genommen bin ich ihr zuvorgekommen. Fünfzig Euro weniger im Monat, Karin, das wird hart!"

„Ja, schrecklich. Sag einmal, welche Laus ist denn der über die Leber gelaufen? Oder hast du womöglich eine Salzgurke veruntreut?"

„Was weiß ich. Und mit dem Salzgurkenfassl ist es ohnehin bald aus. Die Frau Habesam will mit der Zeit gehen. Alles wird modernisiert."

„Ich kann's kaum glauben. Aber dass ein altmodischer Mensch wie du nicht in ein neumodisches Geschäft passt, ist mir schon klar. Und jetzt muss ich mit den Kindern weitertun. Magst du zum Mittagessen da bleiben? Kannst ja bis dahin was spielen."

„Nicht bös sein, nein, danke. Mir klingen noch von gestern die Ohren."

Simon Polt ging zu Karins Haus, sperrte auf, begab sich in die Küche und öffnete den Kühlschrank. Viel war ja nicht da: ein Semmelknödel, Eier, Zwiebeln, Schmalz von Sepp Räuschls letztem Schlachtfest ... Das musste genügen. Polt röstete eine klein geschnittene Zwiebel hellbraun, gab Knödelscheiben dazu und goss zwei versprudelte Eier darüber ... salzen, ein paar frische Kräuter von der Fensterbank – fertig. So saß er denn, aß mit gutem Appetit und trank ein Bier dazu, fast wie in der guten alten Junggesellenzeit. Polt trank noch einen Kaffee, wusch das Geschirr ab, verließ das Haus und holte sein Fahrrad aus dem Schuppen. Er genierte sich fast ein wenig dafür, dass es in den nächsten Stunden für ihn nichts anderes zu tun gab, als auf eine möglichst angenehme Weise Zeit zu vergeuden. Er fuhr gemächlich nach Brunndorf, von dort aus zog es ihn in die Kellergasse, und weil er niemanden antraf, den er kannte, steuerte er die Tankstelle an der Bundesstraße an. Dort gab es wenigstens ein kleines unbehagliches Buffet, in dem wie gewöhnlich Franz Stingl und Rudi Widrich saßen, der eine sehr betrunken, der andere auf dem besten Wege dahin. Polt setzte sich zu ihnen, trank lustlos ein Glas Wein, hörte zu, wie sie sagten, was sie immer sagten, und setzte seinen Weg fort. Es ist nichts mehr los in den Dörfern, dachte Polt, in den Kellergassen wird's immer stiller und jetzt stirbt auch noch Frau Habesams Kaufhaus.

Er fand das Geschäft offen vor und ging gleich ins Büro. Dort saß Frau Habesam und grinste vergnügt. „Kaffee, Simon? Zwei Kipferln vom Vortag müssen auch noch weg."

Polt stand da und glaubte zu träumen.

„Dein Gesichtsausdruck, mein Lieber, erinnert mich irgendwie an den Schneckerl."

„Schneckerl?"

„Unser Ochs, als wir noch eine kleine Landwirtschaft gehabt haben. Gutmütig war er, stur und ziemlich dumm."

„Ah ja. Und die Papiere, Frau Habesam?"

„Frau Aloisia, wenn ich bitten darf."

„Da soll sich jetzt einer auskennen!"

„Auskennen? Völlig unnötig bei einem Mannsbild. Was ich noch sagen wollte: Es bleibt natürlich alles, wie es war, in meinem Kaufhaus. Und du bleibst auch."

„Aber heute Früh ..."

„Hab ich dich auf die Probe gestellt, Simon. Ich wollt wissen, ob du wirklich dran hängst." Sie machte eine umfassende Gebärde, nahm einen Schluck Kaffee und setzte sich mit einer gewissen Förmlichkeit zurecht. „Vor mehr als vierzig Jahren hab ich das Gschäft einem gewissen Robert Bauer abgekauft. Es war höchste Zeit, er hätt es bald einmal zugrunde gerichtet. Seitdem war ich fleißig, hab viel gespart und wenig ausgegeben. Das Haus gehört mir und nicht der Raiffeisenbank, aber ein paar Sparbücheln hab ich dort, muss mich nicht genieren dafür."

„Wie schön für Sie."

„Ja, nicht schlecht. Und seit mir der Ferdl, du weißt ja, der Meinige, freundlicherweise vorangegangen ist und mir nicht mehr auf der Tasche liegt, geht's noch besser. Aber kein Mensch lebt ewig, und mich freut's schön langsam nicht mehr."

„Wär aber ewig schad um Sie, Frau Aloisia."

„Nur, wenn es niemand gibt, der in meine Fußstapfen tritt, Simon." Jetzt erhob sich Aloisia Habesam mühsam aus dem Rollstuhl. „Ich setze dich zum Erben ein, alles sollst du haben. Und wehe, du schaust nicht auf die Kram."

Polt wusste nicht, was er sagen sollte. Das war auch nicht notwendig, denn Frau Habesam hatte sich ächzend in den Rollstuhl fallen lassen und fuhr fort. „Das Testament liegt beim Notar, dem Dr. Fiby, du kennst ihn ja. Und dann noch was, es kann ja schnell einmal zu Ende gehen mit mir." Frau Habesam öffnete eine Tischlade und zog ein stark verblichenes Kuvert hervor. „Es ist zugeklebt, Simon. Lass das Kuvert, wie es ist, aber heb es gut auf. Für mich war das, was drin ist, so was wie eine Lebensversicherung. Und wer weiß schon, ob's dir nicht auch einmal helfen kann. Aber jetzt komm mit!"

Frau Habesam rollte hinter den Ladentisch im Verkaufsraum, kramte in der Geldlade der Registrierkasse, zog einen Schlüssel hervor, sperrte eine Lade auf und zog sie heraus. „Schau hinein, Simon."

„Da liegt ja eine alte Pistole!"

„Ja, da liegt sie immer, griffbereit, man weiß ja nie. Hat der Ferdl aus dem Krieg mitgebracht. Sie funktioniert, Simon, und macht einen Mordskracher. Siehst du das Loch da drüben im Kastl? Hab ich geschossen.

Und den Mehlsack dahinter hab ich bei dieser Gelegenheit auch erlegt."

„Aber Waffenschein gibt es keinen dafür, nicht wahr?"

„Wer braucht denn so was."

Polt sagte nichts, nahm sich aber vor, die Waffe sofort zur Polizei zu tragen, sollte er wirklich Frau Habesams Erbe antreten. Aber daran wollte er eigentlich nicht denken.

Kaum sieben Wochen später bekam Frau Habesam Durchfall, nahm das nicht wichtig, wurde rasch dünner und schwächer und wachte eines Morgens nicht mehr auf.

Der Bürgermeister hielt am offenen Grab eine sehr lange und etwas wirre Rede, er dachte insgeheim wohl daran, dass zu seinem eigenen Begräbnis kaum halb so viele Menschen kommen würden. Dann begab sich Frau Habesam zur letzten Ruhe. Das anschließende Totenmahl, hatte sie in ihrem Testament angeordnet, solle nur auf die wenigen, von ihr genannten Personen beschränkt sein, um das Erbe nicht unziemlich zu schmälern. Polt war unter den auserwählten Trauergästen. Friedrich Kurzbacher hatte den Kirchenwirt geöffnet, seine Frau kochte. Es ging freundlich und beschaulich zu, an diesem späten Vormittag, und Polt konnte sich des Eindrucks nicht erwehren, dass Frau Habesam an dieser Tafelrunde teilnahm, rege und argwöhnisch beobachtend.

Ein paar Tage später hatte auch der Notar seine Arbeit erledigt. Polt war das erste Mal in seinem Leben einigermaßen wohlhabend und vor allem Eigentümer eines Hauses, das mehr Platz für seine Familie bot. Er trauerte um Aloisia Habesam, und das verband ihn mit vielen Menschen in Burgheim. Abgesehen davon wurde natürlich auch geredet: warum denn ausgerechnet er geerbt habe und vor allem wie viel.

Polt hatte gleich nach dem Begräbnis ein Schild mit der Aufschrift „Wegen Todesfall geschlossen" an der versperrten Kaufhaustür befestigt. Erst nach einer guten Woche wagte er es, den großen Schlüssel in die Hand zu nehmen und aufzusperren. Noch lebte diese wundersame Welt mit ihrer verwirrenden Vielfalt von Bildern und von Gerüchen, die Polt so lieb und vertraut war. Er ging ins Büro, das auch als Küche gedient hatte, wischte sich ein paar Tränen aus den Augen und schaute sich um. Er würde lange brauchen um zu wissen, was es hier so alles gab im Verkaufsraum und im Lager, in Kästen und Kisten, in Regalen, Laden, Dosen, Kübeln und Säcken. Aber irgendwas musste bald einmal geschehen, damit die Sachen nicht verdarben.

Polt hörte Schritte an der Eingangstür und sah einen Mann eintreten, dessen Gesicht er schon vom Totenmahl her kannte: schütteres blondes Haar, blasse Haut und wasserblaue Augen. Der Mann trat auf ihn zu. „Schön, dass ich Sie heute hier antreffe, Herr Polt. Ich reise ja morgen früh schon ab. Sie sind also der Erbe, so hört man wenigstens. Kein Mensch wird es

Ihnen neiden ... dieses vergammelte Zeug hier. Na ja, das Haus, immerhin, und wohl auch etwas Geld auf der Bank."

„Wie stehen Sie zur Frau Habesam, Herr ..."

„Schilcher, Max Schilcher. Nicht sehr nahe, doch immerhin war ich zum Begräbnis geladen. Darf ich eine ganz kleine Bitte äußern, Herr Polt?"

„Warum denn nicht ..."

„Ich nehme an, dass Sie ein Kuvert in Händen haben, das Sie nach dem Willen der Frau Habesam vertraulich behandeln sollen. Es ist weiß und stark vergilbt."

„Und wenn das so wäre?"

„Bitte ich Sie herzlich, es mir zu geben. Sie dürfen mir glauben, dass der Inhalt für Sie ohne Bedeutung ist. Für mich wäre es aber eine unbeschreibliche Erleichterung, es in Händen zu haben."

„Das hat die Frau Habesam aber nicht so gewollt."

Polts Besucher seufzte. „Natürlich nicht. Der Inhalt betrifft die Verstorbene und mich in einer eher persönlichen Angelegenheit, die auch – wie soll ich sagen – peinlich ist, beschämend sogar, keinesfalls für fremde Augen bestimmt."

„Ich weiß nicht, was ich tun soll", gab Polt offen zu. „Ein Vorschlag, Herr Schilcher: Wir öffnen das Kuvert gemeinsam, schauen uns an, was drinnen ist, und reden dann darüber, wie es weitergehen soll."

„Nein, das werden wir nicht tun." Die Stimme des Besuchers war ein wenig lauter geworden und klang schärfer. Dann lächelte Schilcher gequält. „Sie hätten es in der Hand, Herr Polt, mir wirklich sehr zu helfen, mit einer ganz kleinen Geste, die Sie keinen Cent kostet. Sie tun es nicht. Warum?"

„Weil mir der Wille der Frau Habesam wichtiger ist, als der Wunsch eines Menschen, von dem ich so gut wie nichts weiß."

„An Ihnen ist ein Advokat verloren gangen. Einer von denen, die sich mit aufgeblasenem Pathos auf hehre Grundsätze berufen und in Wirklichkeit kleinlich und schmierig ihr eigenes Geschäft machen."

„Das seh ich anders, und gefallen lass ich mir auch nicht alles."

„Oh, entschuldigen Sie. Dann eben in aller Höflichkeit: Geben Sie mir das Kuvert oder Sie werden es bereuen. Ich habe die Mittel, mich durchzusetzen."

„Wenn das so ist, brauchen Sie ja nicht zu bitten, was?"

„Nein, brauche ich nicht. Aber man versucht es eben immer erst im Guten. Her mit dem Kuvert! Hier stört uns so rasch keiner. Und ich bin nicht zimperlich, wenn es sein muss."

Polt gab vorerst keine Antwort und musterte Max Schilcher, der offensichtlich kräftiger war als er. Der Besucher schien Polts Gedanken erraten zu haben und grinste. „Bewaffnet überdies. In drei Minuten habe ich das Kuvert oder Sie haben ein Problem."

„Ganz ruhig." Polt bekam es ein wenig mit der Angst zu tun. Dann schaute er erschrocken zur Tür hin, weil er seine Karin näherkommen sah. Was zum Teufel wollte sie denn ausgerechnet jetzt hier? Karin hatte den Blick gesenkt, weil sie offenbar etwas in ihrer Handtasche suchte. Polt wollte unbedingt verhindern, dass sie eintrat, fand aber keine Möglichkeit, mit ihr Kontakt aufzunehmen. Schon stand sie in der geöffneten Tür.

„Karin!“, schrie Polt so laut er konnte. „Hinaus mit dir, schnell!“

Max Schilcher drehte sich mit einer raschen Bewegung zur Tür, griff nach Karins Arm und zerrte sie ins Geschäft. Polt wollte sich auf ihn stürzen, erstarrte aber, als er sah, dass Schilcher mit der freien Hand ein Springmesser zückte und die Spitze an Karins Kehle hielt. Langsam wich er zurück, bis er dicht an einem Wandregal stand. So blieb er stehen.

„Rückendeckung kann nie schaden. Nun, Herr Polt, ich nehme an, dass ich die Ehre und das Vergnügen mit Frau Polt habe. Da redet es sich doch gleich leichter. Nehmen Sie bitte hinter dem Ladentisch Platz. Von dort aus können Sie mir nicht so rasch an den Hals, und vor allem liegt das Kuvert vermutlich in Ihrer Reichweite. Na? Wird’s bald? So zögerlich?“

Schilcher stieß mit der Messerspitze ein wenig zu und Karin tat einen leisen Schrei.

„Schluss damit! Sie bekommen das Kuvert.“ Mit kaltem Schweiß auf der Stirn und mit zitternden Händen öffnete Polt jene Lade, in der die Pistole lag, riss sie hoch, schoss und traf ein Salzgurkenglas, das im Regal über dem Kopf des Eindringlings stand. Es regnete Gurken, Lake und Glasscherben. Schilcher ließ für einen Augenblick seine Gefangene los, Polt schwang sich mit der Kraft der Verzweiflung über den Ladentisch und versetzte seinem Gegner einen Fausthieb ins Gesicht, der das Nasenbein zerbrach. Der Gauner schrie auf und krümmte sich. Polt hörte Karins Stimme dicht neben sich. „Ich hab ihm auch noch ein Knie in die Eier gerammt“, sagte sie wenig damenhaft.

Bald darauf war der Angreifer an einen Sessel gefesselt. Polt hielt jetzt wieder die Pistole in der Hand und richtete sie vorsichtshalber auf Schilcher. „Also, was hat es auf sich mit dem verdammten Kuvert? Karin, du rufst die Polizei.“

„Herr Polt ...“, die Stimme des Mannes klang weinerlich, „muss das sein, ich meine so schnell ... Ich will Ihnen etwas sagen, vorher.“

„Wird sich ausgehen. Los schon!“

„Ich heiße nicht Schilcher. Mein Name ist Habesam.“

„Was sagen Sie da?“

„Die Wahrheit, Herr Polt. Ich bin ihr einziger Sohn, unehelich, ein missratener Sohn, der schon als Bub Geld aus ihrer Handtasche genommen hat. Zu einer wirklichen Verbrecherlaufbahn hat’s allerdings nicht gereicht. Diebstähle, Betrügereien, kleine Erpressungen. Erst habe ich immer noch bei meiner Mutter gelebt. Und sie war eine, vor der ich nichts verheimlichen konnte, gar nichts. Aber auch später, als ich längst ausgezogen war, bin ich immer wieder wie ein kleiner Bub vor ihr gestanden und hab alles zugegeben und sie hat’s aufgeschrieben, immer wieder aufgeschrieben, immer wieder aufgeschrieben. Und dann hab ich's auch noch unterschreiben müssen. Wenn die Mutter gefragt hat ..., das war wie beim Jüngsten Gericht, Sie können mir das glauben. Ich hab immer Angst vor ihr gehabt, bis zu ihrem Tod. Und sie hat alles von mir gewusst, alle Gaunereien, bis heute. ‚Du bist mein Sohn', hat sie gesagt, ‚ich werde dich nicht verraten, so lange du nicht Ärgeres anstellst. Aber ich schreib's mir auf. Irgendwann wirst du mein Geld haben wollen. Aber ich hab das Kuvert.' Ich habe mich nie getraut, auch nur den Versuch zu machen, es ihr wegzunehmen."

„Und dann sind Sie zu mir gekommen."

„Ja, weil ich Sie durch meine Mutter gekannt habe, Herr Polt. Der ist so ein gutmütiger, weicher Mensch, hab ich mir gedacht, vielleicht auch ein bissl feig. Sie entschuldigen schon. Und dann habe ich mich eben getraut. Wenn ich schon nicht erbe, nicht einmal den Pflichtteil, weil ... na ja, steht mir wenigstens dieser Fetzen Papier zu, hab ich gedacht. Ich wollte einfach nicht, dass mein verpfuschtes Leben ans Licht kommt. Und da war natürlich auch die Angst um meine schöne, anständige Fassade als Handelsvertreter. Das alles ist nach und nach zur fixen Idee geworden."

„Das meiste von dem, was Ihre Mutter aufgeschrieben hat, wird verjährt sein. Aber Sie stehen auch so nicht zu Ihrer Schuld, nicht einmal zu dem kleinen Rest Strafe, der Sie vielleicht noch erwartet. Und dann nehmen Sie meine Frau als Geisel und setzen ihr das Messer an die Kehle. Pfui Teufel."

Polt ging nach hinten, holte das Kuvert und zerriss es in kleine Fetzen. „Ihre heutige Heldentat nimmt Ihnen aber keiner weg. Da kommt schon die Polizei."

Diesmal war Bastian Priml nicht dabei. Polt und Karin machten ihre Aussagen. Die Polizisten nahmen Herrn Habesam in die Mitte und wandten sich zum Gehen. „Moment noch!" Polt lief ihnen nach und übergab die Pistole. „Nehmen Sie die bitte mit! Ein Schuss reicht mir fürs Leben."

Nach einer guten Weile löste sich Karin aus den Armen ihres Mannes und schaute sich um. „Ich kann's nicht glauben, Simon. Das alles gehört jetzt dir. Was wirst du tun?"

Polt grinste. „Nach dem, was dieses Miststück von Sohn heute über seine Mutter erzählt hat, wird es besser sein, wenn ich tu, was sie von mir erwartet: Ich schau auf die Kram."

„Und das bedeutet?"

Polt sah sich zu einem innigen Kuss gedrängt. Dann nahm er Karins Gesicht zwischen seine Hände. „Der war von einem Gemischtwarenhändler."

Inhalt

Alfred Komarek
Polt.
Kriminalroman
168 Seiten, fest gebunden mit Schutzumschlag
€ 17.90/SFr 31.90
ISBN 978-3-85218-604-7

Für Simon Polt, Gendarmerieinspektor im frei gewählten Ruhestand, hat sich viel geändert: Beruflich geht er neue Wege, und die gemeinsame Zukunft mit seiner Langzeitfreundin Karin Walter erscheint unvermutet in einem völlig neuen Licht. Zur Polizei, die nunmehr über die kleinen Dörfer im Wiesbachtal wacht, hat Polt kaum noch Kontakt – nur mit Norbert Sailer ist er befreundet, einem Ordnungshüter ganz nach seinem Geschmack.
Doch die Leiche eines Fremden bringt Simon Polts ruhig gewordene Welt gründlich durcheinander: Niemand will den Toten gekannt haben, aber einige scheinen doch mehr von ihm zu wissen, als sie der Polizei gegenüber zugeben wollen ...

Vor der vertrauten Kulisse der Weinviertler Kellergassen entfaltet Alfred Komarek einen Kriminalroman voller Spannung, psychologischer Raffinesse und hintergründigem Humor – ein fulminanter Auftritt von Simon Polt.

„... Land und Leute kommen hier aufs Genaueste, Lebendigste und Unverwüstlichste zu Leben und Sprache.“
Die Zeit, Tobias Gohlis

„‚Polt.‘ ist ein vortrefflicher Wurf des gebürtigen Ausseers Komarek: packend, authentisch und von atmosphärischer Dichte.“
News, Dagmar Kaindl